BACKSTAGE

Ich habe an allen Veranstaltungsorten unbegrenzten Zugang zu allen Räumen. Niemals wird mein Material kontrolliert. Niemand schenkt meinem Tun Beachtung, solange die Veranstaltungen reibungslos ablaufen. Ich spiele meine Rolle als Techniker, so lange, bis der Auftrag kommt. Bis ich mein Opfer im Fadenkreuz habe und endlich abdrücken kann.

Vorbemerkung:
Die Geschichte spielt Ende der 1990er Jahre.

Die Idee zu dieser Geschichte kam mir während meiner Zeit als Veranstaltungstechniker in den frühen 90er Jahren, und einige Passagen sind recht nah an dem, was ich damals erlebt habe – außer, dass weder ich noch meine Kollegen je Attentate planten. Figuren und Orte sind frei erfunden und entsprechen in keinem Fall realen Personen oder realen Orten.

BACKSTAGE

Roman

Von Martin Loew

Frankfurt am Main 2015

Bibliografische Information der Deutschen Nationalbibliothek:
Die Deutsche Nationalbibliothek verzeichnet diese Publikation in der Deutschen Nationalbibliografie; detaillierte bibliografische Daten sind im Internet über http://dnb.dnb.de abrufbar.

© 2015 Martin Loew

Titelfoto: Ralph Förg
Grafik: Cora Wruck
Lektorat: Birgit Schweitzer

Herstellung und Verlag: BoD – Books on Demand, Norderstedt

ISBN: 9783738658606

Alle Rechte bei:
Martin Loew
Bruderhofstr. 24
60388 Frankfurt

1

Wir haben einen der seltenen milden Frühlingstage, an denen wir in der Firma Geräte prüfen. Keine Veranstaltung seit zwei Tagen und ausreichend Zeit, das Material auf Vordermann zu bringen. Nils hängt über einen Beamer gebeugt, Kathie und ich bauen gerade einen Filmprojektor auf, um Spiegel und Flügelblende zu justieren. Im Radio läuft die normale Mischung aus Musik, Geschwätz, Nachrichten und Verkehrsfunk. Es ist die erste Nachricht nach der Mittagspause.
„Beim Absturz einer Verkehrsmaschine wurden voraussichtlich alle Insassen getötet ..."
Kathie stockt. Sie schaut auf, wirft einen raschen Blick zu Nils und mir und stürzt dann mit einem gemurmelten „Telefonieren", aus dem Lager. Nils zuckt die Achseln. Das Radio kommt zum Wetter: Wechselnd, Regenschauer, kühl.
„Was ist denn los?" frage ich, als ich ins Büro komme.
„Besetzt!" Kathie keift mich an. Ich verstehe nicht, was ihr Problem ist, doch dann spricht sie weiter: „Derek war in der Maschine!"
Derek ist ihr Freund, studiert irgendetwas oder schreibt seine Doktorarbeit. Ich habe ihn nie gesehen.
„Bist du sicher?"
„Ja! Nein, ich komme ja nicht durch, verdammte Scheiße!"
„Willst du zum Flughafen?"
„Nein!" Sie drückt Wahlwiederholung, kaut auf den Nägeln, hängt auf, nimmt den Hörer wieder hoch.
„Vielleicht war's ja eine andere Maschine."
Sie wirft mir einen wütenden Blick zu. Auflegen, Wahlwiederholung. Sie kehrt mir den Rücken zu, zittert, während sie den nächsten Versuch macht. Ich höre das Besetztzeichen und lasse sie allein.
Später fahre ich sie dann doch zum Flughafen. Sie sitzt zusammengekauert auf dem Beifahrersitz. Ihre

Armyhosen mit den Taschen seitlich an den Beinen, in denen sie sonst immer Werkzeug hat, wirken mit einem Mal viel zu groß für sie. Sie scheint wie ein verstörtes Kind. Fast erwarte ich, sie gleich am Daumen lutschen zu sehen.
Ihre Energie kommt zurück, kaum dass ich den Wagen geparkt habe. Sie nimmt die kahlen Gänge des Parkhauses im Laufschritt, dem ich mich notgedrungen anschließe. Im Terminal angekommen schiebt und drängelt sie sich durch die Menschenmengen, als gelte es, auf den letzten Drücker einen Flug zu bekommen. Ich laufe in ihrem Kielwasser, behalte sie im Auge, schätze die Situation ein: Reisende mit Gepäck. Angestellte von Fluglinien in Uniform, Putzkräfte, Kofferkulischieber. Junge Polizisten mit Maschinenpistolen im Arm. Durchsagen: „Don't leave your baggage unattended! Lassen Sie Ihr Gepäck nicht unbeaufsichtigt!" Meine Sinne schärfen sich. Ich hätte nicht herkommen sollen. Kathies hastige, schwere Schritte, ihr martialisches Aussehen mit den Armyhosen, der Bomberjacke, den Springerstiefeln, erregt Aufsehen. Ich merke, wie meine Muskulatur sich anspannt. Meine Bewegungen werden pirschend. Menschen ohne Zahl. Ich muss mich beherrschen. Nicht hastig umsehen. Nicht rennen. Tief durchatmen. Während ich mit schnellen Blicken den Raum um mich herum sondiere, ermahne ich mich immer wieder, tief durchzuatmen. Niemand wird mich hier erkennen, niemand kann mich erkennen. Die Grundregel, immer an die Grundregel denken. Unbemerkt bleiben.
Am Schalter der Fluglinie sammeln sich bereits etliche verstörte Angehörige. Kathie drängelt immer noch, stellt sich auf die Zehenspitzen. Halblaute Erklärungen des Bodenpersonals, das auch noch nichts Genaues weiß. Absturzursache? Überlebende? Ich bleibe in Kathies Nähe, nutzlos bei ihr stehend, während

sie die gleichen sinnlosen Fragen stellt wie alle. Als könnte der Tod des Freundes noch abgewandt werden, wenn sie ihn nur in Frage stellt, nur geduldig genug ist, nicht in Tränen ausbricht, nicht schreit. Vielleicht ist sie auch nicht der Typ, der schreit und heult. Vielleicht geht ihre Trauer anders. Mein eigener Puls hat sich beruhigt. Nur dann und wann checke ich mit schnellen Blicken aus den Augenwinkeln die Menge. Sind die jungen Polizisten noch so unaufgeregt, so unaufmerksam wie vorher? Ich lehne mich an eine Säule. Wartend. Beobachtend.
Ganz langsam scheint Kathie dann doch zu resignieren. Die Auskünfte ändern sich nicht. Nachfragen bringt keine neue Information, keine Erlösung, kein Eingeständnis eines Irrtums. Ihr Körper verliert an Spannung. Sie fängt an, aus dem Zwerchfell heraus zu zucken. Ihr Gesicht ist jetzt grau mit hektischen roten Flecken auf den Wangen. Auf einmal geht sie. Ohne mich zu beachten, ohne zu schauen wohin. Ohne den Schwung von vorhin. Gesenkten Kopfes, die Füße schlurfen über den Boden. Ich folgte ihr, deutlich weniger angespannt diesmal, lenke sie ins Parkhaus. Es ist eine Erleichterung, den Flughafen zu verlassen.

Wieder im Auto will ich wissen wohin. Es ist ihr egal, und sie antwortet nicht. Ihr Freund ist gerade gestorben, das Leben hat zur Zeit keine Bedeutung. Ich parke in der Nähe ihrer Wohnung und nehme sie mit in die nächste Kneipe. Als ich Bier bestelle widerspricht sie. Sie will Tee. Erst als die Getränke da sind, fängt sie an über Derek zu reden.
„Man denkt immer, das kann einem nicht passieren. Nicht jemandem, den man kennt."
Danach kommt lange nichts mehr. Sie starrt ins Leere. Der Tee steht vor ihr, der Teebeutel treibt in der dunkler werdenden Flüssigkeit. Auf der Oberfläche

schwimmen ölig-dunkle Flecken. Sie wird das nicht trinken, aber sie raucht. Raucht jetzt eine Zigarette nach der anderen. Ihre Stimme bricht sich einen Weg durch Glut und Rauch.
„Und dann passiert es einem doch. Einfach so. Eben noch gibt es dich, dann nicht mehr. Du liegst auf dem Boden des Meeres, in einem Flugzeugwrack."
Sie starrt mich kurz an, nur ganz kurz, ich weiß nicht, ob sie sich vergewissern will, dass ich noch da bin, oder ob sie sich fragt, warum ich überhaupt bei ihr sitze.
„Da gibt es immer die, die sagen, ein solches Schicksal sei vorherbestimmt. Schicksal!" Sie speit mir das Wort entgegen, als hätte ich es eben gesagt. „Wessen Schicksal denn? Bei zweihundert zufällig zusammengewürfelten Leuten? Wie können mehr als zweihundert Leute das gleiche Schicksal haben, oder ist das dann ein Mehrheitsentscheid? Geht es da nur um einen Einzigen, der von der Vorsehung oder was auch immer gerade jetzt umgebracht werden muss? Der Rest ist dann, wie heißt das, Kollateralschaden? Ich will das nicht!"
Manchmal kommt das Zucken aus ihrem Bauch heraus wieder, aber sie unterdrückt es. Sie schiebt den kalten Tee beiseite und nimmt einen Schluck von meinem Bier. Eine Zigarette an der Kippe anzündend. Ihre Augen tränen vom Rauch.
Der Tee bleibt den ganzen Abend unberührt auf dem Tisch stehen, mit dem Wrack des Teebeutels in seinen dunklen Tiefen. Kathie trinkt weiter von meinem Bier mit. Spricht weiter von Schicksal. Die Stimme voller Wut darüber, dass sie verlassen wurde. Ohne Grund. Ihr Freund war nur zur falschen Zeit am falschen Ort. Ich denke, sie braucht an diesem Abend nichts zu trinken. Ich steige nach dem ersten Pils auf Alkoholfreies um. Hole mir selbst Zigaretten, weil ich nicht bei ihr schnorren will. Ich rauche nicht oft. Kathie

wütet weiter. Die Kneipe ist so gut wie leer, sie stört niemanden damit. Ich kann ihr nichts sagen, das ihr Trost bringen könnte. Ich weiß nicht, was ich überhaupt sage. Aber ich bin froh, dass die Trauer noch auf sich warten lässt. Mit Wut kann ich umgehen. Sie ist mir vertraut.
Als ihr erster Zorn abgearbeitet ist, will sie, dass ich sie nach Hause bringe.

Die Wohnungen von Technikern werden normalerweise von überdimensionierten Stereoanlagen, Fernsehern und Computern dominiert, niemals gibt es Pflanzen.
Kathies zwei Zimmer sind anders. Beinahe üppig, was die Pflanzen angeht, beinahe kahl in Bezug auf die Möblierung. Eine Couch, Bücher auf dem Boden und in Kisten. Ein Fernseher natürlich auch, eine Anlage, ein paar CDs in einem Regal. Sie schaut sich vorsichtig um, als sie die Wohnung betritt, hängt ihre Jacke auf, zieht die Schuhe aus, schwere, halbhohe Schnürstiefel. Erst reißt sie an den Schnürsenkeln, der Atem keuchend. Doch dann beruhigt sie sich wieder. Stellt die Stiefel im Flur nebeneinander. Ich sehe ihre bestrumpften Füße. Sie sieht plötzlich viel zierlicher aus, als ich sie kenne. Einen Moment steht sie verlassen in diesem Raum, den sie ihr Zuhause nennt. Schaut sich noch einmal um. Aber es ist niemand da. Wenn sie nur leise genug ist, scheint sie zu glauben, wird Derek gleich aus dem Bad kommen, der Küche, einem Schrank. Es passiert nichts. Sie geht die paar Schritte bis ins Schlafzimmer. Nicht mehr als ein Bett und ein Schrank darin. Dann fällt sie aufs Bett. Jetzt kommen die Tränen. Das Zucken breitet sich aus ihrer Mitte heraus aus, erfasst ihren ganzen Körper. Ihr Kopf ist in den Armen vergraben. Sie zupft an einem Kissen herum, bis es ihr Gesicht bedeckt. Ich weiß nicht recht, was ich tun soll. Irgendwann

gehe ich in die Küche, fülle ein Glas mit Wasser und bringe es ihr. Setze mich neben sie auf die Kante des Bettes. Berühre sie vorsichtig an der Schulter. Sie schüttelt sich. Schnieft. Dann überfällt sie ein weiterer Anfall, der ihren ganzen Körper in Schüben schüttelt. Ich lege eine Hand auf ihr Haar.
Als es nachlässt, sage ich: „Ich muss irgendwann nach Hause. Es ist spät. Meinst du ... ?"
Sie regt sich. Murmelt etwas ins Kissen.
„Geh nicht, okay?"
Ich sehe mich noch einmal in den beiden Räumen um. Die Couch ist ungefähr halb so breit wie ich lang bin. Ihr Bett ist bestimmt oft genug von zwei Personen benutzt worden, es liegen zwei Bettdecken darauf. Ich will nicht mit Kathie in einem Bett schlafen.
Sie hat sich jetzt aufgerichtet. Ihr Haar ist zerzaust, das Gesicht fleckig von Tränen, rot, geschwollen.
„Geh jetzt nicht, ja?"

Sie hat sich in den Schlaf geweint, leiser als vorher, ein steter Fluss von Tränen. Ich liege in Unterhose und T-Shirt neben ihr auf dem Rücken, ohne mich zu bewegen. Eine Straßenlaterne beleuchtet eine Ecke des Raumes, lässt das Weiß der Tapete wie bleichen Schimmel leuchten. Ihre Atemzüge gehen jetzt ruhig, aber immer wieder wirft sie sich hin und her, wälzt sich und murmelt etwas.
Es gab noch einen peinlichen Moment, nachdem ich dann doch eingewilligt hatte, zu bleiben. Kathie verschwand im Bad. Wenn sie dort weiter geweint hatte, dann wurde es von fließendem Wasser, vom Geräusch der Klospülung, der elektrischen Zahnbürste übertönt. Wie fest manche Routinen verwurzelt sind, selbst in Momenten inneren Aufruhrs. Kurz kam mir der Gedanke, sie könne versuchen sich umzubringen, aber dann hätte sie mich wohl kaum gebeten, zu bleiben. Viel mehr befürchtete ich, sie könnte in einem

dünnen Nachthemd zurückkommen. Der Gedanke, sie in so etwas Intimem zu sehen, in ihrem labilen Zustand, war mir unangenehmer als die Vorstellung, sie blutüberströmt im Bad vorzufinden. Sie kam in Jogginghosen, T-Shirt und sogar Strümpfen ins Schlafzimmer zurück. Dann ging ich ins Bad, setzte mich auf das fremde Klo und dachte über meine Situation nach. Ich wünschte, ich hätte ihr erst gar nicht angeboten, sie zu fahren. Wünschte ich wäre früher gegangen. Was hat mich gehalten, was dazu gebracht, diese Rolle zu spielen? Dann zog ich mich aus. Keine Zähne putzen zu können, war ärgerlich, aber nicht ungewohnt.
Jetzt liegt mein Handy auf dem Nachttisch neben mir. Es ist auf klingeln gestellt. Sorry, Kathie, aber ich muss erreichbar sein. Obwohl ich nicht glaube, dass heute angerufen wird. Alle Informationen für die nächsten Tage habe ich schon. Alles über ein Projekt, das vielversprechend erscheint.

Ich wache mitten in der Nacht auf, weil mein linker Arm eingeschlafen ist. Kathies Kopf liegt auf meiner Schulter. Auf meinem T-Shirt ist ein feuchter Fleck. Ich schiebe sie ein Stück weg, ohne dass sie wach wird.
Sie weckt mich am nächsten Morgen.
„Du musst zur Arbeit."
Als ich aus dem Bad komme, ist Kaffee fertig. Kathie sitzt in der alten Jogginghose und dem Sweatshirt an einem winzigen Tisch in der ebenfalls winzigen Küche. Ich trinke meinen Kaffee im Stehen.
Sie schaut mich nicht an, als sie sagt: „Danke, dass du da warst."
„Ich bin nicht gut in so was."
Jetzt wirft sie mir doch einen kurzen Blick zu. Ihre Augen, noch stumpf vom Heulen, bekommen für ei-

nen winzigen Moment ein wenig Glanz. Ihre Lippen zucken. Dann: „Schon gut."
„Soll ich jemanden anrufen?"
Sie schüttelt den Kopf. Sie raucht wieder. Ich stelle die Kaffeetasse ab. „Ich sage denen auf der Arbeit, dass du krank bist."
Wieder zucken ihre Lippen, und jetzt sieht sie mich an diesem Morgen das erste Mal richtig an.
„Danke", sagt sie dann, und ich kann endlich weg von hier.
So fing das an.

2

Die Veranstaltung, soviel wurde mir schon in der Firma gesagt, wird draußen sein, im Hof eines Gebäudes. Ich bin ein paar Stunden Auto gefahren, um die Location zu besichtigen, doch zunächst gibt es eine Vorbesprechung. Das erweist sich als spannender, als ich gedacht hatte. Nicht, weil bei der Besprechung etwas gesagt wird, das nicht jeder schon wüsste. Aber das Haus gleicht einem Hochsicherheitstrakt, und das war mir nicht bekannt. Es ist ein historisches Gebäude und wird als Zentrum der jüdischen Gemeinde der Stadt offenkundig als gefährdet eingestuft. Panzerglasscheiben im Eingangsbereich. Ein Metalldetektor, Röntgengeräte für Taschen, bewaffnetes Wachpersonal. Obwohl ich als Techniker angemeldet bin und einen Termin habe, durchlaufe ich, wie die anderen Besucher, die in einer kleinen Warteschlange vor dem Metalldetektor stehen, die gesamte Prozedur.
Im Besprechungszimmer sind die Tische zu einem in der Mitte leeren Viereck zusammengestellt. Das schafft Abstand zwischen den Gruppen. Auf der einen Seite sitzen die Organisatoren und ein Mann vom Kulturamt der Stadt, auf der anderen Seite der Dirigent, Michael Freyer, und der Orchestermanager, Dietmar Gerolsen. Dirigent und Manager empfangen mich mit Händedruck, der Rest mit Kopfnicken.
„Ich darf ich Sie alle herzlich begrüßen", beginnt der wichtigste Mensch von der Organisation. „Bevor wir uns mit den Details zu dem geplanten Stummfilmkonzert ...", soweit kommt er, bis er von Dirigent Freyer unterbrochen wird: „Wir sprechen von Filmkonzerten. Die Filme hatten immer Musik, waren also nicht im eigentlichen Sinne stumm." So geht das los. Der Organisationsmensch ist irritiert, was Freyer wohl bezwecken wollte. Später werden Plakatentwürfe gezeigt und Eintrittspreise besprochen. Ein Typ aus

einer Werbeagentur sitzt am Kopfende der Tische und reicht Papiere herum. Ich habe nichts beizutragen, außer dem Wunsch nach einer Ortsbesichtigung, kann also, während sich der Orchestermanager und die Organisatoren mit dem Geldgeber vom Kulturamt und den Vorschlägen des Grafikdesigners der Werbeagentur auseinandersetzen, meinen eigenen Gedanken nachhängen. Freyer schweigt ebenfalls. Er hatte seinen Auftritt. Er weiß, wann er gefragt ist, weiß, wann er schweigen, anderen das Wort überlassen muss. Sein kleiner Einwurf zu Beginn hat ihn als Profi ausgewiesen, klargestellt, dass er mehr ist, als nur einer, der den Taktstock schwingt. Ich werfe ihm einen Blick zu, nicht ohne Respekt. Er scheint in Gedanken versunken, doch ich bin sicher, er registriert jedes Wort. Ich hingegen muss aufpassen, mich nicht zu sehr in meinen Überlegungen zu verlieren. Der Gedanke, in einem Hochsicherheitstrakt zu arbeiten, ist prickelnd. Von der symbolischen Kraft her ist es ein perfekter Ort. Man kann sich nirgends sicher fühlen. Es bleibt zu prüfen, wie durchdacht die Sicherheitsmaßnahmen sind. Wie konsequent sie angewandt werden. Ich muss an Kathie denken, an ihren Freund, ihre Trauer. Man kann sich nie sicher fühlen.

Es ist kurz vor der Dämmerung, als wir endlich über verschlungene Flure und durch einen Keller in den Hof des Hauses kommen.

„Das Publikum kann dann natürlich durch die Einfahrt direkt in den Hof", erklärt der Hausmeister, der uns führt, „wir können nicht alle kontrollieren."

Die Rückseite des Hauses wurde durch eine Fliegerbombe aus dem letzten Krieg zerstört. Die Fassade besteht aus rohem Backstein. Zu DDR Zeiten war die Wand wahrscheinlich nur mit Stahlträgern abgestützt. Jetzt ist zu ihrem Schutz eine Konstruktion aus Stahlgerüst mit Plexiglas-Überdachung vorgebaut worden. Sie ist mehr als zwanzig Meter breit, bald zehn Meter tief und circa fünfzehn Meter hoch. Bewahrung der Geschichte statt Restauration ist das Motto. Unter diesem Dach ist ein idealer Platz für ein großes Orchester. Dem Haus schließt sich ein gekiester Platz an, der von Beeten umrahmt ist. Wie viele Zuschauer werden hier hinpassen? Tausend? Zwölfhundert? Die Location ist für ein Filmkonzert gut gewählt. Es gibt so gut wie kein Streulicht im Bereich der Leinwand. Die Kombination, Moderne und Alter, Restauration und Verfall, es passt zum Grundthema, der Wiederaufführung von Stummfilmen.

„Wir brauchen Bühnenelemente", setzt Freyer an, zunächst zu niemand Besonderem. Er erwartet, dass jeder Satz von ihm gehört wird, jemand seine Forderungen notiert, was auch geschieht. „Die Leinwand wird dann an die Stahlkonstruktion gehängt, was meinen Sie?" Das geht jetzt an mich. „Ich brauche einen Monitor. Ein paar von den Musikern ebenfalls." Als Dirigent ist Freyer gut, im Bereich Filmmusik wahrscheinlich der professionellste in seinem Geschäft. Er sucht mit einem kurzen Blick nach meiner Zustimmung. Ich nicke. Soll er reden. Er bekommt leichter, was nötig ist, als ich. Ich bin ja auch nur Techniker. Zahlen werden kalkuliert. Die Leinwandaufhängung wird ein Problem. In diesen Höhen arbeiten nur echte Rigger. Außerdem bedarf es für die Hängung über dem Orchester spezieller Absicherungen.

„Rigger?" Die Organisationsmenschen sind nicht im Bilde.

„Profis für Klettern und Sachen aufhängen", erkläre ich so einfach wie möglich. „Es ist auch rechtlich gar nicht anders machbar."

Warum keine Rigger zur Vorbesprechung geladen waren? Die Frage macht die Runde, wird so lange wiederholt, bis sie am Jüngsten des Organisationsteams hängen bleibt. Der Junge starrt mich sauer an. Es ist sinnlos zu erklären, dass ich vor der Ortsbesichtigung kaum wissen konnte, dass wir Rigger brauchen würden.

Mein Platz für die Projektion wird knapp hundert Meter von der Leinwand entfernt sein. Die Anlage ist terrassiert, ich brauche also nur ein Podest von anderthalb Meter Höhe, eine schalldichte Kabine und Stoffverkleidung. Wir klären die Stromversorgung, Verlauf der Videoleitungen, Bestuhlung, und die normalen Arbeitsabläufe.

„Ich muss den Laster hier im Gelände parken", sage ich, als alles geklärt scheint. Blicke wandern von der Organisation zum Hausmeister, der uns begleitet.

„Die zwei Laster vom Orchester am besten auch", fügt der Orchestermanager hinzu. „Da hinten wäre doch Platz." Er deutet auf eine gekieste Parkbucht. Der Hausmeister muss nachdenken und entschließt sich dann, die Verantwortung nicht übernehmen zu wollen. „Da muss ich erst fragen." Die Antwort erhalten wir an diesem Tag nicht mehr. Ich bekomme auch keine Antwort, als ich die Erkenntnisse des Tages am Abend vom Hotel aus an meinen Auftraggeber übermittle. Das Kribbeln, das ich angesichts der Sicherheitsmaßnahmen zu Anfang empfunden habe, hat sich gelegt. Das Projekt wird geprüft werden. Entscheidungen stehen mir nicht zu.

3

Als ich am nächsten Morgen nach Hause fahre, muss ich schon wieder an Kathie denken. Sie ist noch nicht wieder in der Firma aufgetaucht, erfahre ich am Abend. Am Tag darauf bin ich wieder unterwegs. Es folgt eine Woche Stummfilmfestival im Theater einer ebenso ambitionierten wie im Grunde bedeutungslosen Stadt. Ich habe Dirk dabei, einen der Mitarbeiter, die bei Bedarf für die Firma arbeiten. Dirk ist Ende zwanzig und ein bisschen zu dick für sein Alter. Er hat eine Vorliebe für unsägliche, karierte Hemden, die ihm ständig aus der Hose rutschen und für Schuhe, die man an viel älteren Männern erwarten würde. Er soll mir beim Aufbau, den zwei Proben und zwei Vorstellungen pro Tag helfen. Der Veranstalter mault, er könne keine zwei Techniker bezahlen und habe das so auch nicht bestellt. Ich bin selbst auch nie ganz glücklich damit, wenn ich einen Kollegen dabei habe. Es macht es schwieriger mein persönliches Material mitzubringen. Alle Flightcases, alle Koffer sind offen zugänglich, werden ständig benutzt. Es gibt Dinge in meiner Ausrüstung, die außer mir keiner sehen darf. Bei einem Provinzfestival ist zwar mit keinen besonderen Vorkommnissen zu rechnen, aber ich habe die Ausrüstung trotzdem dabei. Ich muss ein eventuelles Zielobjekt schließlich nicht kennen. Der zu erwartende Arbeitsaufwand allerdings verlangt nach wenigstens zwei Technikern. „Da müssen Sie mit der Firma sprechen", sage ich.

Dirk ist, trotz seines Geschmacks in Kleidungsfragen, eine brauchbare Aushilfe. Er kennt das Material. Unsere transportablen Filmprojektoren bestehen aus zwei Teilen, dem Fuß mit den Achsen für die Filmspulen, die viertausend Meter Film aufnehmen können. Bei normaler Laufgeschwindigkeit entspricht das mehr

als zwei Stunden. Dazu das Lampenhaus mit der davor sitzenden Mechanik für den Filmlauf. Die Motoren sind für Stummfilme, die oft langsamer laufen als normale Filme, in ihrer Bildgeschwindigkeit elektronisch regelbar. Jedes der zwei Teile des Projektors wiegt etwas über fünfzig Kilo. Zu dritt oder zu viert ist ein Projektor locker aufzubauen, zu zweit geht es gerade so, allein ist es unmöglich, außer man wäre in der Lage, mit einer Hand fünfzig Kilo zu heben und mit der anderen Hand die zwei Teile miteinander zu verschrauben. Mangels von der Organisation gestellter Hilfskräfte bauen Dirk und ich den Projektor zu zweit auf.
Mittlerweile ist das Organisationsteam, das bis dahin in vorgeblich wichtige Gespräche vertieft im Foyer Rotwein getrunken hat, verschwunden. Keiner hat auch nur einen Finger gerührt, um uns zu helfen. Ich schicke Dirk, die Notenpulte mit den Leuchten für die erste Probe aufzustellen. Freundlicherweise hilft ihm einer der Bühnentechniker des Hauses, so dass ich unterdessen die Objektivbrennweite austesten kann. Dann beginne ich, es ist mittlerweile nach zehn Uhr nachts, den Film für die besagte Probe am nächsten Vormittag vorzubereiten. Das Haus ist jetzt leer. Der freundliche Bühnentechniker hat sich verabschiedet. Irgendwo gibt es noch einen Hausmeister, der uns rauslassen wird. Wir haben Putzlicht im Saal, also strahlend hell. Ich schicke Dirk los, das Licht zu dimmen, während ich den Film vorbereite. Ein Spielfilm ist zwischen drei- und viertausend Meter lang und wird für Transport und Lagerung auf mehrere Rollen von circa sechshundert Meter Filmlänge verteilt. Diese einzelnen Akte müssen aneinandergeklebt werden, bevor der Film gezeigt werden kann. Als ich fertig bin, lege ich den Film in den Projektor ein, lasse etwa zwanzig Minuten laufen, nehme letzte Korrekturen an der Kaschierung der Leinwand vor, prüfe die Pult-

leuchten. Es ist nach Mitternacht, als wir das Haus verlassen. So weiß ich nicht, ob der Veranstalter noch mit meiner Firma gesprochen hat.

Am zweiten Tag stellt sich heraus, dass die ganze Chose so mangelhaft organisiert ist, dass wir selbst zu zweit kaum mit der Arbeit nachkommen. Blöderweise gibt es keine Kantine im Haus und keine Schnellimbisse in der Nähe. Von der Organisation ist keiner bereit, sich um dieses Problem zu kümmern. Wir sind Techniker und haben unsichtbar unsere Arbeit zu leisten. Ob wir Hunger haben, interessiert nicht. Schließlich sind wir ja zu zweit.
Unsere Tage beginnen mit Frühstück im Hotel, unserer Hauptmahlzeit, dann zwei Proben, unterbrochen jeweils von Umbauten für die verschiedenen Orchester. Dem folgen die Aufführungen um sieben und um halb zehn abends. Wenigstens sind die Veranstaltungen gut besucht. Es ist befriedigender, sich für Publikum abzurackern. Jeweils einer von uns fährt eine Probe oder Veranstaltung, der andere bereitet die Filme vor, beseitigt technische Fehler, ist stand-by. Es gibt keine Diskussion mehr darüber, dass wir zu zweit sind.
Das Programm ist nichts Besonderes. Stummfilmklassiker, zu denen meistens die Originalmusiken gespielt werden. Entsprechend routiniert und unaufgeregt erledigen Dirk und ich unsere Arbeit, bis am dritten Tag ein Fernsehteam auftaucht. Sie haben ein Video des Films, der übermorgen im Hauptprogramm läuft. Dafür ist die Musik neu komponiert worden.
„Eine Welturaufführung", versichert mir die Redakteurin, eine schlanke, groß gewachsene Frau Mitte dreißig. Die Information lässt mich kalt. Film ist Film, und für die Musik bin ich nicht zuständig. Mich interessiert nur, wieviel Arbeit damit verbunden ist und so dient mein ernster Blick nur der Befriedigung ihrer Erwar-

tungshaltung. Ich tue so, als sei für mich wichtig, was für sie wichtig ist. Sie wollen, bekomme ich erklärt, die Musik mitschneiden und dem Film für die Fernsehausstrahlung unterlegen. Da alles, was live geschieht, Fernsehleute aufgeregt macht, ist es Teil meines Jobs, Ruhe auszustrahlen. Und natürlich soll ich testen, ob ihre Version des Films mit der mir vorliegenden übereinstimmt.
„Wir haben für die MAZ eine englische Fassung benutzt. Die Kontraste waren besser", erklärt mir die Redakteurin. Für mich heißt das, zwischen zwei Proben noch einen Film einzuschieben, einen Videomonitor aufzubauen und ständig zwischen Mattscheibe und Leinwand hin und her zu schauen. Ich mache es, weil es mein Job ist, alles zu tun, was mir aufgetragen wird. Natürlich stimmen beide Versionen nicht überein. Als sie die Zwischentitel montiert haben, haben sie die Anzahl der Bilder der englischen Fassung zugrunde gelegt. Die englischen Titel waren aber wegen der sprachlichen Differenzen von anderer Länge als die deutschen; und nun weichen beide Versionen des Films mit jedem Zwischentitel immer mehr voneinander ab. Es gibt lange Diskussionen, was zu tun sei, doch die Lösung, die mir sofort einfällt, dauert bei den Fernsehleuten. Sie werden ihre MAZ umschneiden müssen. Dann taucht Michael Freyer auf, und damit gehen die Diskussionen von vorne los. Er wird die Welturaufführung dirigieren, jemand muss ihn von dem Problem in Kenntnis setzen. Ich nicke ihm aus dem Hintergrund zu, was mir als Begrüßung genügt, doch er drängt sich zwischen Festivalveranstaltern und Fernsehgestalten hindurch und drückt mir die Hand.
„Ich hatte gehofft, dass Sie hier sind. Dann ist die Veranstaltung ja in guten Händen. Fernsehaufzeichnung!" Er strahlt, bis die Redakteurin sich endlich getraut, ihm das Problem zu schildern.

„Und für welche Version ist die Partitur geschrieben?" Es ist eine rhetorische Frage von Freyer. Er und sein Orchester haben seit Wochen auf den Augenblick der Aufzeichnung hingearbeitet.

Das: „Für die deutsche Fassung" der Redakteurin kommt entsprechend kleinlaut, und mit ungläubig offen stehendem Mund sieht sie dann, wie Freyer eine wegwerfende Handbewegung macht. Das ganze Problem ist für ihn vom Tisch, seine Lösung ist die gleiche wie meine. Dadurch, dass Freyer klar entschieden hat, dass die MAZ umgeschnitten werden muss, wird es für mich nicht die Mühe geben, den Film nach einem Videoband zu steuern, was wahrscheinlich ohnehin unmöglich gewesen wäre.

„Wann können wir morgen proben?" Das als Frage an mich. Für Freyer ist der Tag gelaufen. Er verabschiedet sich Richtung Hotel. Ich bin nicht zufrieden. Freyer hat mich mit der Begrüßung in einen Mittelpunkt gestellt, in dem ich nicht stehen will. Ich spüre die Blicke des Veranstalters, der Redakteurin vom Fernsehen, voller Neid seine, neugierig ihre. Sie nehmen mich jetzt anders wahr.

Die Veranstaltung läuft dann gut. Beide Tonaufzeichnungen, die von der Probe und die von der Veranstaltung sind verwendbar. Um den MAZ-Schnitt wird sich das Team im Sender kümmern.

All das ändert nichts daran, dass Dirk und ich uns eine Woche lang mehr als sechzehn Stunden am Tag abarbeiten und uns von dem ernähren, was wir vom Frühstück im Hotel mitnehmen können. Der Junge ist geschafft, als die Veranstaltung endlich vorbei ist.

4

Es ist später Sonntagabend, als wir mit dem LKW in den Hof der Firma fahren. Dirk hat auf der Fahrt angefangen über Kopfschmerzen zu klagen. Seine Nase läuft. Als wir aussteigen, zittert er. Ich bringe den Schlüssel des LKWs ins Büro. Dirk steht noch immer im Hof, hilflos und verlassen aussehend, als ich wieder rauskomme.
„Ich fahre dich nach Hause." Dirk nickt. Er schläft fast ein, während ich über leere Landstraßen zu seinem Wohnort fahre. Es hat ihn erwischt. Technikerkrankheit. Wenn der Stress einer Veranstaltung nachlässt, der Adrenalinspiegel fällt, bricht das Immunsystem zusammen. Ich hatte das in meinem ersten Jahr, wenn auch vielleicht aus anderen Gründen. Ich habe es bei allen Kollegen gesehen, bei Nils, bei Kathie.
Kathie. Ich dränge die Gedanken an sie zurück.
Ich fange wieder an, an sie zu denken, nachdem ich Dirk abgesetzt habe. Laue Frühlingsluft kommt durch das heruntergekurbelte Seitenfenster des Autos. Sie liegt auf meiner Schulter und weint, erzählt wirres Zeug von Schicksal und Kollateralschäden. Ich schüttle den Kopf und drehe die Musik lauter.
Zuhause lasse ich mir ein Bad ein. Das Handy liegt griffbereit neben der Wanne, aber ich werde drei freie Tage haben und ich bin sicher, das ist bekannt. Weitere Informationen, mehr Details über die Ortsbesichtigung des Filmkonzerts in historischem Rahmen, inklusive der Sicherheitsmaßnahmen, habe ich während des Festivals vom Hotel aus an meine Kontaktnummer weitergegeben. Einen Moment, noch im Auto, fürchtete ich, ebenfalls krank zu werden. Ein ungewohntes Gefühl der Schwäche. Aber ich bin widerstandsfähiger als Dirk. Eine solche Veranstaltung macht mir nichts aus. Ich bin Schlimmeres gewohnt.

Die freien Tage vergehen schleppend. Ich neige nicht sonderlich zur Häuslichkeit und bin es wenig gewohnt, freie Zeit zu haben. Ich putze die Wohnung, kaufe ein, höre Musik und sehe fern. Ich bringe meine Videodossiers auf den neuesten Stand. Waschen und bügeln. Das Training natürlich. Bis Dienstagabend hat sich das Beschäftigungsprogramm totgelaufen. Gerade als ich in eine Kneipe gehen will, klingelt das Telefon. Es ist Kathie.
„Hey", sagt sie, und ich sage: „Hallo", und nach einer Weile: „Wie geht es dir?"
„Wieder besser." Es ist ein fragender Unterton in ihrer Stimme. Etwas Verletzliches, das ich von ihr aus dem Job nicht kenne. Da ist sie meist rotzig, ein bisschen frech oder forsch. Junge Frau im Männerberuf.
„Ich", sie zögert, wird dann schneller, „ich hatte eigentlich gehofft, dich zu sehen, als ich wieder zur Arbeit bin. Weil ich mit dir reden wollte." Ein kurzes Nach Luft schnappen. Als ich nichts sage, geht es ebenso schnell weiter. „Du hast frei, oder?"
„Ja."
„Hättest du Lust, ich meine, könnten wir uns treffen?"
Ich weiß nicht, warum sie mich sehen will und bin versucht, nein zu sagen. Warum sage ich ja?

Sie sieht anders aus als sonst. Trägt nicht die Armyhosen und Sweatshirts, die sie auf der Arbeit immer anhat. Es ist ungewohnt, Kathie in einem Kleid zu sehen. Sie wirkt fremd. Sie wirkt auch erwachsener. Über dem Kleid trägt sie eine Wolljacke, hat die Arme vor der Brust verschränkt, als wolle sie sich abgrenzen, schützen. Vielleicht ist ihr nur kühl.
Sie ist immer noch nervös, raucht viel. Ab und zu verliert sich ihr Blick. Dann sieht sie wieder so aus, wie kurz bevor sie zu weinen anfing an dem Abend, als Derek gestorben ist.
„Wie war die Trauerfeier?"
Zu Dereks Trauerfeier war ich nicht in der Stadt. Wäre ich hingegangen, um Kathie beizustehen? Ein absurder Gedanke.
„Schrecklich. Ich kannte seine Familie ja kaum und wurde plötzlich begrüßt, als sei ich die lange verlorene Tochter oder so. Der Pfarrer hat den üblichen Mist erzählt. Hatte keine Ahnung, was Derek für ein Mensch war. Kann mir auch nicht vorstellen, dass Derek je in einer Kirche war. Nicht zum Beten jedenfalls."
Sie zögert. Ich weiß immer noch nicht, was sie von mir will.
Wir sitzen in einem schicken kleinen Café. Draußen treibt ein Frühlingswind Papier übers Pflaster. Kathie hat Tee bestellt, den sie dieses Mal wirklich trinkt. Kein Teebeutel im Kännchen.
„Tut mir leid, dass ich dir keine Hilfe war."
„Du warst da." Sie wirft mir einen fragenden Blick zu, flehend fast. Dann wendet sie sich ab und schaut zu Boden. „Das war genug. Ich meine, in dieser ersten Nacht ... . Ich weiß nicht, was ich gemacht hätte, wenn du nicht da gewesen wärest."

Es dauert lange, bis sie wieder aufschaut und versucht zu lächeln.
„Wie war das Festival. Hat Dirk seine Sache gut gemacht?"
„Zu gut. Er ist schon auf der Rückfahrt krank geworden." Ich erzähle ihr die kleinen und mittleren Katastrophen, dankbar über den Themenwechsel. Es ist immer gut, jemanden zu haben, mit dem man über unfähige Organisatoren und Veranstalter reden kann. Kathie kennt das. Sie hat genug eigene Erfahrungen in der Branche gemacht.
„Ich habe immer noch den Tittenbonus. Auf kleines, schwaches Weibchen mimen, dann kommen die Männer und helfen gern." Sie ist jetzt gelöster. Ihre Hand streicht durch ihr Haar. Die Zigaretten werden weniger. Sie raucht gelassener. „Ich wollte dich zum Essen einladen", sagt sie plötzlich.

„Derek hat meinen Job nie ernst genommen."
Das Essen ist vorbei. Wir haben beide schweigend gegessen. Bevor sie jetzt diesen Satz über Derek gesagt hat, dachte ich für einen Moment, dass es angenehm war, in ihrer Gesellschaft zu sein. Nicht reden zu müssen.
„Er war natürlich zwei-, dreimal auf Veranstaltungen, am Anfang, als wir uns kennen gelernt haben", fährt Kathie fort. „Open-Air-Kino in der Gegend. Rumknutschen neben dem Projektor. Dann nie mehr was. Hat ihn nicht interessiert. Seine Freundin hatte halt ein seltsames Hobby, so hat er das wohl gesehen. Dachte, glaube ich, wenn er seine Dozentur hat, werden wir heiraten und ich höre damit auf."
Ihr Wortschwall hat mich aus der entspannten, behaglichen Trägheit gerissen, in die ich gerade versunken war. Ich nehme mir eine ihrer Zigaretten und hoffe, dass sie wieder aufhört. Doch Kathie ist jetzt in Redewut. Wenn sie sich selbst hören könnte, sie wür-

de sofort aufhören. Schweigen, weil es peinlich ist. Aber sie hört nicht auf.
„Derek, er war so von sich überzeugt. Ging immer davon aus, zu kriegen, was er wollte." Und: „Ich glaube, er konnte gar nicht verstehen, dass ich was anderes wollte als er." Und: „Manchmal hat mich das total wütend gemacht."
Sie grenzt sich jetzt ab von ihm. Er war nicht der Traummann. Er hat sie eingeschränkt, nicht ernst genommen, manchmal wie ein Kind behandelt.
„Fühlst du dich deshalb schuldig?"
Sie schaut weg. Ich muss mich zusammennehmen, um weiter zu reden: „Habt ihr euch gestritten, bevor er abgeflogen ist?"
Sie nickt. Schüttelt den Kopf. Es sind Tränen in ihren Augen. Hände wischen. Taschentuch.
„Er hat bestimmt an dich gedacht", sage ich. „Und bestimmt nicht an den Streit." In mir brodeln die unterschiedlichsten Gefühle. Ich möchte aufstehen und weggehen, möchte Kathie sagen, sie soll aufhören, mir von ihrem Leid zu berichten. Ich will nicht mit diesem Schmerz belastet werden, will nicht Trostspender sein. Doch ich bleibe sitzen. Schaue minutenlang, so scheint es, in ihre tränenvollen Augen. Sie drückt kurz meine Hand, bevor sie aufsteht und zur Toilette geht.
„Ich will mit dem Job nie aufhören", fängt sie wieder an, kaum dass sie zurück ist. „Eigentlich würde ich gerne eine eigene Firma haben. Mein eigener Chef sein." Ihre Nase ist noch immer zu. Sie zieht den Rotz hoch. Jetzt ist Trotz in ihren Augen. Ihre Stimme bekommt einen vertrauten Tonfall. „Veranstaltungen. Die Dispo selbst machen. Die ganze Technik." Pause. Ihr Blick wird herausfordernd „Und du? Was willst du später machen?"
Ich habe keine Pläne. Bin zufrieden so, wie es ist: Nicht zuviel Verantwortung. Sie nimmt das ungläubig hin.

„Aber du bist der beste Techniker in der Firma." Dann, nach einer Pause: „Und was machst du sonst in deiner Freizeit?"

Sie macht eine vage Geste. Was mache ich, wenn ich nicht Kolleginnen tröste?

„Das was jeder macht."

„Freundin?"

„Keine. Und weil du sowieso fragen wirst: Es ging mit der letzten schief, weil ich zu wenig Zeit für sie hatte. Zuviel unterwegs war."

Ich befinde mich jetzt auf dem sicheren Terrain der geprobten Lüge. Die Wahrheit darüber, wie ich meine freie Zeit ausfülle, wird keiner meiner Kollegen je erraten. Also erzähle ich das, was alle hören wollen, weil sie es selbst kennen. Meine Freunde, behaupte ich, sehe ich an den Wochenenden, falls ich dann überhaupt mal in der Stadt bin. Ich bin ein häuslicher Typ, gehe selten weg, bin ja im Job auch genug unterwegs. Kathie hört sich das alles lächelnd an, so als glaube sie es, aber nicht ganz. Es muss einfach mehr Abenteuer in meinem Leben geben. Doch natürlich kennt sie diese Geschichten. Sie ist schließlich im gleichen Job, auch oft weg. Hat deswegen bestimmt Stress gehabt mit Derek. Ich verkneife mir jede Äußerung hierzu.

„Okay, sonstige Vorlieben?"

Ich will wissen, was sie damit meint.

„Was du machst, wenn du glücklich in deiner Wohnung bist. Außenwelt ausgesperrt und dann? Fernseher an? Musik? Bücher? Du wirst doch nicht den ganzen Abend die Wand anstarren, oder?"

So kommen wir auf das sichere Gebiet der Filme. Nach all den Jahren, all den Veranstaltungen, kenne ich mich aus. Sie natürlich auch. Was hat der letzte Sommer, der letzte Winter an guten Filmen gebracht? Wie sieht deine Top-Ten-Liste aus? Wir vergleichen und besprechen die Übereinstimmungen. Sie neckt

mich wegen meiner Vorliebe für alte Filme. „Du bist noch nicht zu alt, um dir nicht hin und wieder mal was Neues anzusehen." Und kurz darauf: „Vielleicht muss ich dich einfach mal mitnehmen ins Kino."
Ich bringe sie bis zu ihrer Haustür. Sie dreht sich noch einmal um, und plötzlich drückt sie sich an mich. Umfasst mich mit ihren Armen und presst ihren Körper gegen meinen. Dann wendet sie sich fast schon brüsk ab und verschwindet im Flur.

Am nächsten Tag, dem letzten meiner freien Tage, reinige ich meine Waffen. Ich lasse die Rollläden runter, montiere das Gewehr, nehme es wieder auseinander, alles im Dunkeln mehrmals nacheinander. Als die Waffen wieder verstaut sind, das Gewehr im verschlossenen Aktenkoffer, die Pistolen an sicheren Orten in der Wohnung, gehe ich joggen und dann zum Kampftraining. Als ich verschwitzt zur Dusche gehe, habe ich für einen absurden Moment den Geruch von Kathies Haar in der Nase.

6

Ich komme in die Firma zurück mit der Vorstellung, noch einen Tag für die Zusammenstellung des Materials zu haben, dann wieder auf eine Veranstaltung zu fahren, doch es kommt anders.
„Wir mussten umplanen", lässt mich Schneider, der Disponent, wissen. Er steht mit seinem für ihn unentbehrlichen Kaffeepott in der Hand im Flur. Seine Augen sind von Ringen umrahmt, als hätte er die Nacht nicht geschlafen. „Wir haben den Zuschlag bekommen für die gesamte Projektion in der Konzerthalle."
Dafür, dass es der größte Auftrag ist, den die Firma jemals hatte, hört er sich nicht gerade begeistert an. Aber Schneider klingt eigentlich nie begeistert. Wenigstens erklärt der Auftrag die Ringe unter seinen Augen.
Die Konzerthalle also. Ich habe die Pläne noch vor Augen. Die unzähligen Details, mit denen wir uns im Spätherbst befasst haben, als wir unser Angebot zusammengestellt haben. „Der Alte kann nicht", lässt Schneider mich wissen. „Hat sich am Wochenende verhoben. Hexenschuss. Also musst du dahin." Noch ein Grund für das müde Aussehen. Ich nicke. Es ist nicht das erste Mal, dass die Planung umgestellt wird.
„Und meine Veranstaltung?", frage ich trotzdem.
„Macht Kathie. Tut ihr gut."
Also weiß er über ihren Verlust Bescheid. Tut ihr vielleicht wirklich gut. Sie wird irgendwo hinten im Lager sein, Material zusammenstellen. Es ist erleichternd, sie nicht sehen zu müssen.

Ich fahre raus zum Alten, der in eine Wolldecke gehüllt in einem Sessel sitzt und erstmals wirklich alt wirkt. Seine Frau wirft ihm einen besorgten Blick zu, bietet Kaffee und Kekse an, was ich aus Freundlichkeit annehme. Sie war meines Wissens Finanzbeam-

tin und ist jetzt im Vorruhestand. Was ich in der Firma so mitbekommen habe, ist sie auf dem Trip, jetzt bewusster leben zu wollen. Den Lebensabend genießen. Sie kann nicht damit zufrieden sein, dass ihr Mann so viel arbeitet. Manchmal verzieht der Alte das Gesicht, weil er Schmerzen hat. Mühsam steht er auf und geht zum Esstisch, um die Pläne auszurollen. Sein Gang ist tattrig. Ein wenig bemuttert seine Frau ihn, so wie jetzt, da sie Kaffee und Kekse hinstellt, ihm die Wickeldecke glatt streicht und ein Kissen hinter sein Kreuz stopft. Auf dem Wohnzimmertisch liegen Broschüren von Bildungsreisen und ein Baedeker „Florenz". Die Kekse sind selbst gebacken. Vollkornmehl. Vielleicht kann Kathie dem Alten in wenigen Jahren den Laden wirklich abkaufen.
Wir gehen die Pläne und die Angebote, die wir eingeholt haben, noch einmal durch. Es war eine Heidenarbeit, in die alle Mitarbeiter einbezogen worden waren, während einer Veranstaltungsflaute und darüber hinaus. Ich erinnere mich an unzählige Faxe und Mails, die zwischen der Firma und den Hotels, in denen ich und in denen die anderen Techniker bei Veranstaltungen untergebracht waren, hin und her gingen. Berechnungen ohne Ende. Wieviel Vorleistungen können wir erbringen? Welche Zahlungsmodalitäten sind realistisch? Für ein mittelständisches Unternehmen kann ein Großauftrag das Ende bedeuten. Schulden werden aufgenommen, um Material zu kaufen. Wenn die Zahlungsvereinbarungen nicht eingehalten werden ist ruckzuck die Insolvenz da.
Jetzt ist der Auftrag erteilt, die Firma steht in der Pflicht. Geht alles gut, springt ein ordentlicher Gewinn ab. Vielleicht die letzte Sache, die der Alte noch macht. Und dann? Für mich ist die Konzerthalle eine weitere, vielversprechende Option. Aber wenn der Alte wirklich Schluss macht, sollte mein Auftrag auch erledigt sein.

Ich verlasse das kleine Einfamilienhaus mit den Plänen in der Hand und fahre los.
Obwohl ich mich fast ein halbes Jahr mit der Konzerthalle beschäftigt habe, war ich nie dort. Ich kreise durch die fremde Stadt. Stelle das Auto schließlich in ein Parkhaus im Zentrum. Nach meinem Stadtplan kann ich nicht weit entfernt sein. Ich gehe durch eine Fußgängerzone, erreiche einen verkehrsreichen Platz. Die Konzerthalle liegt auf der anderen Seite. Ein imposanter Bau aus einer Zeit, als Opern- oder Theateraufführungen noch gesellschaftliche Ereignisse ersten Ranges bedeuteten. Die Spuren des Verfalls sind allgegenwärtig. Der Sandstein ist verwittert, Putz bröckelt. Kräne überragen das Dach. Bauzäune grenzen das Gebäude gegen seine Umwelt ab, drängen eine Fahrbahn zurück. Das Haus nimmt wieder mehr Raum ein. Es hat wohl mehrere Jahrzehnte leer gestanden, vielleicht seit Kriegsende. Jetzt erwacht es zu einem zweiten Leben. Bauarbeiten überall.
Ich frage mich nach einem Zugang durch. Später werde ich erwartet, wenn das offizielle Treffen ist. Mehr als eine Stunde bleibt mir bis dahin, das Terrain allein zu erforschen. An der Pforte komme ich mit dem Hinweis, ich sei Techniker und würde erwartet, vorbei. Nicht mehr als ein gleichgültiges Nicken. Soll ich ein bisschen gutes Wetter machen? Plaudern? Wird dieser Pförtner noch da sein, wenn hier Veranstaltungen laufen? Ich belasse es, wie es ist.

Von verschiedenen Etagen aus gelangt man in den großen Saal, der noch unbestuhlt ist, kahl wirkt. Ich werfe Blicke hinein vom Parkett aus, vom ersten, zweiten, schließlich dritten Rang. Sehe die Arbeiten auf der Bühne, an den Holzverkleidungen der Wände. Für diesen Saal ist unsere Filmprojektionsanlage. Dazu werde ich später mehr erfahren. Daneben gibt es kleinere Säle. Multifunktionsräume. Vom Kammerspiel bis zum Broadway-Gastspiel, vom Kongress der Briefmarkensammler bis zu einer Aktionärsversammlung ist in diesem Haus alles möglich. Oder wird es einmal sein. Ich kenne viele solche Häuser im ganzen Land. Die kommerziellen Veranstaltungen sollen die kulturellen finanzieren. Es funktioniert nirgends. Irgendwann früher oder später wird eine Kongress-GmbH gegründet, während die kulturellen Veranstaltungen von der Stadt finanziert werden müssen. Es soll nicht mein Problem sein. Mich zieht es weiter nach oben, dorthin, wo kein Publikum mehr hinkommt. Es verursacht mir ein Kribbeln im Bauch. Dies könnte der ideale Ort sein.

Das Licht im Waschraum ist trüb. Die Oberlichter sind vom Taubendreck verdunkelt. Kacheln und Fliesen sind gelb von der Zeit und von unzählbaren danebengegangenen Tropfen. Am Waschbecken entrinnt dem Wasserhahn ein steter Schatten dunklen Sinters. Der Spiegel ist von Altersflecken gebrochen und zeigt nur Teile meines Gesichts. Tiefliegende, dunkle Augen, schmale Lippen, ein Schatten von Bartwuchs. Der Tag war schon jetzt lang und wird noch länger werden. So muss ein Techniker aussehen. Ein bisschen düster, streng. Überarbeitet aber aufmerksam. Hager und kräftig oder dick und kräftig, je nach Geschmack. Das Wichtigste ist, dass aus seinen Augen, seinem ganzen Ausdruck der Wille spricht, alles Menschenmögliche zu tun, eine Veranstaltung reibungslos zu gestalten. Im Erfolgsfalle merkt niemand, dass überhaupt jemand die Technik geplant, aufgebaut und während der Veranstaltung bedient hat.
Techniker sind Schattenwesen, die nur bei Pannen ans Licht kommen, beflissen, ihre Fehler auszubügeln, die Schuld zu tragen. Deshalb ist der Job ideal für das, was zu tun mein Auftrag ist. Die eine Abweichung vom Programmablauf, die zu inszenieren ich

bezahlt werde, verlangt nach Unkenntlichkeit. Nach unbegrenzten Zugangsmöglichkeiten zu Räumen und Orten, die den höchsten Sicherheitsstufen unterliegen. Securityleute winken mich normalerweise durch alle Kontrollen, egal ob ich Koffer trage oder eine ganze LKW-Ladung Material anliefere.
Der Waschraum ist für nichts zu gebrauchen. Er liegt weitab, in der Etage, die außer Technikern niemand betritt. Er hat bisher überlebt, doch er wird, mit der weiteren Renovierung des Hauses, komplett saniert werden. Strahlend weiße Kacheln, neue, lichtdurchlässige Fenster, blitzender Edelstahl. Handwerker sind gründlich, hinterlassen keine Verstecke. Doch es ist ohnehin noch zu früh, sich um Verstecke Gedanken zu machen. Ich kann alles mitbringen, wenn es soweit ist. Aber ich halte grundsätzlich gerne eine Reserve bereit. Einen Plan B.
Den Flur kreuzen Architekten und Bauingenieure. Ich lasse sie passieren. Es sind Verantwortliche in Anzügen, die händeringend Kosten kalkulieren. Sie bemerken mich nicht. Schon jetzt bin ich ein Unsichtbarer, einer der Arbeit ausführt, nicht plant. So ist es auch in meinem Zweitjob.
Ich nehme das Handy raus und rufe meine Kontaktnummer an. Spreche die wenigen, unverfänglichen Daten, die ich schon habe, auf das Band. „Voraussichtlich werde ich zur Eröffnungsfeier hier sein." Ich werde eine Antwort erhalten.

Dann muss ich zu einem Treffen im provisorischen Planungsbüro. Ich stoße auf eine Gruppe von Leuten, werde begrüßt, vorgestellt, bekomme andere Leute vorgestellt, Namen, die ich schnell wieder vergessen werde, wenn ich weiß, dass ich sie nicht brauche.
Kurz darauf werden wir über die Baustelle geführt. Ich ziehe mit der Gruppe durch die Räumlichkeiten. Die Zeiten der Presslufthämmer sind vorbei. Böden und

Wände stehen. Erste Teppiche liegen bereit. Ich bekomme Versorgungsschächte gezeigt, Stromversorgungen, Glasfaserkabel hier, Intercom da. Sie wollen nur das Beste. Heute schon die Technik der Zukunft, wie es einer der Techniker ausdrückt. Ich höre mir das Geplapper teilnahmslos an. Wir erreichen den Olymp. Damit beginnen die Fragen.
Die Einbindung in die Planung und die damit verbundene Aufmerksamkeit sind mir unangenehm. Meine Expertise ist gefragt. Erst zur Leinwandgröße, denn man kann von hier oben den ganzen großen Saal überblicken und hat damit eine gute Vorstellung von der Leinwand hinter der Bühne. Roll-Leinwände und alle anderen fest installierten, irgendwie verborgenen Systeme sind nach kurzer Zeit unbrauchbar. Wir hatten das schon so im Angebot. Die Leinwand wird installiert, wenn sie gebraucht wird. Es dauert seine Zeit, aber nicht übermäßig lang. Ich weiß nicht, warum ich jetzt darüber verhandeln muss. Dann geht es um Lichtleistungen, Winkel und Entfernungen. Diese Leute nehmen mich wahr, werden mich wiedererkennen, wenn wir zum Einbau der Technik herkommen. Sie werden auf das, was ich sage, Bezug nehmen, mein Gesicht kennen. Aber werden sie da sein, wenn das Haus eröffnet wird?
Für die Stadtväter gibt es gleich mehrere Gründe zu feiern, und es groß zu machen. Die Stadt hat Jubiläum. Tausend Jahre oder so. Der berühmte Sohn der Stadt hat Todestag, ebenfalls einen runden. Und dann die Wiedereröffnung ihrer Konzerthalle. Es wird groß, es wird pompös werden. Es werden viele wichtige Leute da sein. Alles, was in Politik und Wirtschaft einen Namen hat. Wir stehen noch immer im Olymp, den Regieräumen für technische Steuerungen. Ich weiß genau, wo ich mein Gewehr zu postieren hätte, um jeden Bereich der Bühne abzudecken.

7

Als ich mit der Besichtigung des Hauses und den Besprechungen fertig bin, nehme ich die nähere Umgebung in Augenschein. Es ist eine normale Routine, die ich vor jeder Veranstaltung durchführe. Alle Techniker machen das, wenn ihre Zeit es zulässt. Wo bekommt man etwas zu essen? Gibt es Geschäfte in der Nähe, in denen man Elektronik oder Heimwerkerbedarf kriegt? Gibt es einen Supermarkt? Manch einer sucht auch den schnellsten Weg ins nächste Bordell. Es gibt viele Wege, mit dem Stress von Veranstaltungen umzugehen. Die meisten Techniker rauchen. Meine Frage lautet: Wie komme ich hier weg?
Auf der gegenüberliegenden Seite des Platzes ist ein Taxihalteplatz. Ein paar hundert Meter entfernt gibt es einen Zugang zu einer U-Bahn-Station. Ich steige in den Untergrund hinab und studiere den Streckenplan. Der Hauptbahnhof ist drei Stationen weiter. Ich löse ein Ticket.
Kaum fünf Minuten später bin ich im Bahnhof. Das normale Durcheinander von Reisenden und Menschen, die immer an Bahnhöfen herumlungern: Penner, Jugendliche, irgendwelche skurrilen Gestalten mit leeren Blicken. Ich komme zu den Schließfächern. Die meisten sind leer. Die Bedingungen sind wie üblich. Vierundzwanzig Stunden nach Geldeinwurf werden die Fächer geleert. Es ist die klassische Möglichkeit, das Notwendigste für die Flucht unterzubringen.

Vom Bahnhof aus gehe ich zu Fuß zur Konzerthalle zurück. Eine kleine Stadtbesichtigung. Ich habe einen detaillierteren Stadtplan gekauft, sehe die Ausfallstraßen, die am Ortsrand Autobahnzubringer werden, die Schnellstraßen. Es gibt viele Möglichkeiten zur Flucht. Man kann ein Auto in einer anderen Stadt anmieten und in der Nähe parken. Nahverkehrszüge sind quasi

unkontrollierbar. Selbst zu Fuß oder mit einem Fahrrad kann man sich aus dem primären Gefahrenbereich entfernen. Und schließlich bleibt noch die Option, vor der Veranstaltung eine Wohnung anzumieten und abzuwarten, bis sich die Aufregung gelegt hat. Ich habe mir angewöhnt, mir über all diese Aspekte sehr früh Gedanken zu machen, da zu einem späteren Zeitpunkt der Planung möglicherweise keine Zeit mehr dazu besteht.
Aber der wichtigste Teil der Flucht sind die ersten fünfhundert Meter. In welche Richtung entferne ich mich vom Gebäude? Wo treffe ich auf andere Menschen, möglichst viele Menschen, um unterzutauchen? Wie verlaufen die Straßen? Gibt es Fußgängerüberwege, wieviel Verkehr herrscht zu welcher Zeit? Lichtverhältnisse, Deckung, Ablenkungsmöglichkeiten, all diese Punkte kläre ich ab, bevor ich den eigentlichen Job vorbereite. Der kurze Gang heute abend war der erste Schritt dazu. Ich werde noch zwei- oder dreimal um die Konzerthalle streifen, dann die Optionen ausarbeiten.
Diesen Teil des Plans zu kennen, hält mir den Kopf frei für alles, was vor der Flucht kommt: Wo bin ich, wo ist das Opfer, was ist der richtige Zeitpunkt, wie komme ich aus dem Haus? Wie bei der Planung der Flucht außerhalb des Hauses, gibt es auch hier unzählige Unwägbarkeiten. Es ist immer ratsam, sich mehrere Möglichkeiten offen zu halten.

Es gab ein Mal eine Veranstaltung, in der ich bis zur Triggerreife gekommen bin. Natürlich gab es keinen Ausführungsbefehl. Es war ein Test, wie ich heute denke.
Der Projektionsraum ist ein einsamer Ort. Selbst wenn ich einen Kollegen dabei habe, kann ich ihn mit einem Vorwand wegschicken. Es braucht in den meisten Fällen, während die Show läuft, nur einen Techniker.

Dirk hatte ich während dieser einen Veranstaltung in der ersten Reihe Platz nehmen lassen. „Wenn bei einem Musiker die Notenpultbeleuchtung ausfällt, schleich ins Orchester und behebe den Schaden." Er ging, saß das ganze Konzert hindurch stoisch in seiner ersten Reihe und betete vermutlich, dass nichts passieren möge. Dass ihm diese Peinlichkeit, auf Socken im Orchester herumzukriechen, erspart bliebe. Während er dort unten saß und vor lauter Aufregung nichts von der Veranstaltung mitbekam, baute ich das Gewehr zusammen. Das Handy, durch das der Befehl gekommen war, mich schussbereit zu machen, in der Brusttasche des Hemdes, verließ ich den Vorführraum und schlich mich auf den obersten Rang des Hauses. Vor mir saß Publikum, so nah, dass ich Rasierwasser und Parfums riechen konnte. Da stand ich im Schatten und tat, was mir befohlen worden war. Mit dem Gewehr, einsatzbereit, während des Konzerts auf den ultimativen Befehl zu warten. Es gab kein vorher definiertes Ziel an diesem Abend. Aber es gingen mir die gleichen Gedanken durch den Kopf wie auf allen Veranstaltungen zuvor, auf denen mir ein Zielobjekt angegeben worden war, die aber nie bis zur Triggerreife gekommen waren. Waren alle Spuren verwischt? Stimmte mein Fluchtplan? Hatte jemand gemerkt, wie ich die Waffe ins Haus gebracht hatte? Ich ging die Schritte in Gedanken durch. Das Nicken der Pförtner, als ich mit dem Gewehrkoffer das Haus betrat. Nur ein weiteres Gerät, von dem sie keine Ahnung hatten, unerlässlich für die Veranstaltung. Die Fahrt mit dem Aufzug bis in den obersten Stock. Einmal, es war nicht auf dieser ersten Veranstaltung, sondern später, und sonst passierte an diesem Tag auch nichts Aufregendes, stand ein Sicherheitsbeamter mit mir in der Kabine. Er trug deutlich sichtbaren Sprechfunk, einen Empfänger im Ohr, den Sender am Gürtel befestigt, das Mikrofon am Hemdkragen. Wäh-

rend der Fahrt sprach er mehrfach mit irgendwem, wozu er den Hemdkragen näher an den Mund führte. Unter seinem Jackett trug er eine Waffe, die trotz des speziellen Schnitts des Sakkos als Beule erkenntlich war. Ich hielt meinen Koffer in der Hand. Wahrscheinlich war es derselbe Mensch, den er schützen und ich vermeintlich töten sollte. Die Fahrt ging über sechs Etagen und wurde zweimal unterbrochen. Ein altes Ehepaar stieg auf Etage eins zu und auf Etage drei wieder aus. Sie drückten sich an eine Wand, möglichst weit weg von dem Sicherheitsbeamten, der, gerade als sie einstiegen, in sein Kragenmikro gesprochen hatte. Vielleicht hielten sie ihn für einen Verrückten, der mit sich selbst redete. Sie sahen erleichtert aus, als sie aussteigen konnten. Dann endete die Kommunikation mit Unbekannt. Ein kurzer, ebenso abschätzender wie abschätziger Blick auf mich und meinen Koffer. Rollen der Schulter zur Lockerung der Muskulatur. Abdrehen, Rücken zu mir, Hände dahinter verschränkt, leicht breitbeinig. Ich kann mich an alles, was ich damals dachte, entsinnen. Würde er sich meiner erinnern? Würde er oder einer seiner Kollegen wissen, woher der Schuss gekommen war? Es schnell genug wissen? Wieviele von ihnen würden angelaufen kommen? Wie viele könnte ich mit der Pistole, die ebenfalls im Koffer war, von mir fernhalten? Meine Vorbereitungen sind minutiös gewesen. Habe ich wirklich nichts übersehen?
Jedes Mal schwingt Erleichterung mit, wenn der endgültige Auftrag nicht kommt. Wenn es heißt: „Kein Ziel!" Oder wie bei diesem Konzert, bei dem Dirk in der ersten Reihe Qualen litt, während ich hinter der letzten Reihe stand, bereit zu tun, was immer mir gesagt wurde, wenn eine SMS kommt, die den Abbruch der Aktion befiehlt. Und doch: Es gibt Momente, in denen ich wünschte, ich hätte es hinter mir. Ich bin auf einer Warteposition. Als Jugendlicher habe ich mir

die Kicks geholt, indem ich andere verprügelt habe. Ein Teil meiner Ausbildung hatte das Ziel, diese Aggression zu bündeln. Sie dann zu entladen, wenn ich den Befehl bekomme. Manchmal spüre ich, wie es in mir brodelt. Dass ich kurz vor der Explosion stehe. Das Training hilft ein wenig. Doch das Gefühl absoluter Macht kann es nicht vermitteln.

Dann, wenn dieser Part überstanden ist, ohne dass es zur Ausführung kam, kommt der Rückbau meines persönlichen Teils der Veranstaltung. Das lange, langsame Ausatmen. Es ist jedes Mal ein Akt höchster Konzentration, ein Attentat vorzubereiten. Jedes Mal ein Balanceakt aus Unscheinbarkeit und Präzision. Die Spannung ist hart an der Grenze des Erträglichen.

8

Als ich wieder zu Hause bin, stelle ich fest, dass ich mir zu viele Sorgen um Veranstaltungen mache. Ich denke schon wie ein Kinotechniker. Wie Kathie. Es wird Zeit, sich wieder mehr um die wichtigen Dinge zu kümmern.
Mit einem Festplattenrecorder nehme ich die Nachrichten auf, alles, was die relevanten Sender so bringen. Ich kann das Material auf dem kleinen Schnittplatz, den mein Computer bietet, zusammenschneiden. Mittlerweile habe ich Videodossiers zu allen wichtigen Politikern, Wirtschaftsbossen, Kirchenfürsten, Gewerkschaftlern.
Es gibt Machtwechsel auch ohne Wahlen. Leute steigen auf, andere fallen. Also nehme ich auch politische Sendungen auf, Talkshows, Magazine. Schneide mir Dossiers mit den Porträts von Politikern und Managern zusammen und studiere sie. Ich muss sie aus relativ großer Entfernung durch ein Zielfernrohr sicher erkennen. Nicht immer würde man warten wollen, bis die Zielperson ans Rednerpult tritt. Nicht immer ist die Zielperson überhaupt auf der Rednerliste. Ich muss sie sogar von hinten erkennen, falls es mir nicht gelingt, eine Sitzordnung zu bekommen. In den meisten Häusern werden die Plätze mittlerweile mit Namensschildern reserviert. Das macht es einfacher. Trotzdem muss ich sichergehen können. Aus einer Laune heraus wechseln zwei Leute den Platz. Ich erwische den Falschen. Es wäre eine Katastrophe. Deshalb zeichne ich auf, was ich auf den Nachrichtensendern an Material bekommen kann, lege meine Dossiers an über diejenigen, die im Brennpunkt des Interesses stehen.
Selten, sehr selten, mache ich mir Gedanken darüber, aus welchen Gründen die Personen, die ich vor dem Gewehr hatte, beinahe gestorben wären. Warum sind

die Aufträge in letzter Minute abgeblasen worden? Waren es alles nur Tests für meine Einsatzbereitschaft? Wer wird bei dem Stummfilmkonzert sein, wer in der Konzerthalle alles anwesend sein, wenn es den großen Eröffnungsabend zu feiern gilt?

9

Ich treffe Kathie das erste Mal wieder auf der Arbeit. Dereks Tod scheint sie überwunden zu haben. Zumindest für die Außenwelt. Ab und an bedenkt sie mich mit einem seltsamen Blick, so als sei da noch etwas ungeklärt zwischen uns. Wir arbeiten öfter zusammen als früher.
Die Projektoren, die für die Konzerthalle gedacht sind, müssen überprüft und getestet werden. Es sind keine von unseren Veranstaltungsmaschinen, die wir dort einbauen werden, sondern einteilige Standprojektoren, zwei Stück. Dazu kommen die Gleichrichter, die den Lampenstrom erzeugen, Objektive, sonstiges Zubehör. Alles ist abgezählt. Wir bringen nicht eine Schraube mit, die nicht im Auftragsvolumen steckt. Alles muss funktionieren, bevor es in ein paar Wochen das Haus verlässt.
Kathie ist nervös in meiner Nähe. Ich merke, dass auch ich nervös bin, wenn sie in meine Nähe kommt. Ich will nicht, dass sie wieder von Derek anfängt. Will keine Tränen sehen, nicht gezwungen sein, Trost zu spenden.
Sie trägt wieder ihre Armyhosen und diese Sweatshirts. Ich weiß jetzt, dass es eine andere Frau unter diesem Outfit gibt. Eine Frau in einem Kleid, das ihre Figur erahnen lässt. Ihre Aggressivität, ihre Sprüche, dieses: „Was ist? Noch nie ne Frau gesehen?", wenn Leute verwundert sind, dass sie als Technikerin kommt, es ist ein Wall, antrainiert, konditioniert. Genauso antrainiert wie meine Schweigsamkeit. Ich habe hinter ihre Maske geschaut. Will sie jetzt hinter meine Maske sehen? Sie würde es mit dem Leben bezahlen.

Der Alte kommt wieder in der Firma vorbei. Er geht langsam und vorsichtig, als fürchte er, zu schnelle

Bewegungen könnten den Schmerz zurückbringen. Er überprüft, was wir gemacht haben, gibt Tipps, sitzt am Schreibtisch und telefoniert mit Zulieferern oder Kunden, wenn er nicht über den Plänen grübelt. Er ist selten die volle Zeit da, kommt morgens spät, geht nicht mit uns anderen zum Mittagessen, verschwindet dafür aber am frühen Nachmittag. Zwischendurch hat Nils eine Veranstaltung, ist ein paar Tage weg, dann muss die Ausrüstung für eine weitere Veranstaltung gepackt werden, die Dirk alleine durchführen wird. Kathie und ich sind zur Zeit unentbehrlich.
Als es auf das Wochenende zugeht, kommt sie in der Mittagspause auf ihr Angebot, mit mir ins Kino zu gehen, zurück.
„Welcher Film ist denn so sehenswert?"
„Irgendetwas gibt's doch immer."
„Oh, komm schon, nicht in so ein Haus mit zwölf Sälen. Dafür bin ich wirklich zu alt. Lauter Popcorn mampfende Kinder."
„Jugendliche."
„Na gut, Jugendliche."
Später kommt sie triumphierend mit dem Kinoprogramm aus der Tageszeitung an.

Von den Veranstaltern des Filmkonzerts im historischen Gemeindezentrum, dem Hochsicherheitstrakt, kommt eine Mail. Die Planungen sind abgeschlossen, die Finanzierung steht, die Sache kommt ins Rollen. Ich übermittle die Details meinen Auftraggebern. Als ich am Abend die SMS auf meinem Handy abrufe, ist die Antwort schon da: „Seien Sie dort. Kontakt folgt."
So schnell haben sie noch nie reagiert.

Das Kino ist voll, wie nicht anders zu erwarten, an einem Samstagabend. Ich hätte es beinahe nicht geschafft, überhaupt zu kommen, weil ich den ganzen Tag in der Firma war. Kathie steht vor dem Haus, wartet, versucht, nicht zu enttäuscht zu wirken, weil sie schon nicht mehr daran glaubt, dass ich noch komme und strahlt dann, als ich endlich auftauche. Wir schieben uns ins Foyer, stellen uns in einer endlos wirkenden Schlange von überwiegend jungen Leuten an, die den Eindruck erwecken, als sei das Anstehen an der Kasse schon Teil des Events. Eigentlich verlangt das nahe und lange Nebeneinanderstehen nach Unterhaltung. Ich brumme also etwas über den Tag in der Firma, Schwierigkeiten und ihre Lösung, habe aber eigentlich keine Lust zu reden. Kathie weist mich auf Besonderheiten hin. Ausgeflippte Jugendliche, Liebespärchen, zwei Jungs, die in einer Ecke einen Joint rauchen, von einem jungen Security-Typen bewusst ignoriert und verstohlen beneidet werden. Sie scheint, wie die meisten anderen, das Schlangestehen zu genießen. Erst als wir endlich am Kassenschalter sind, fällt mir auf, dass ich nicht einmal gefragt habe, welchen Film wir sehen werden. Natürlich hat Kathie keine Romantic-Comedy gewählt, sondern einen Science-Fiction-Thriller mit unzähligen Special Effects. Nach erfolgreichem Kartenkauf stellen wir uns in die nächste Schlange, die am Getränkeschalter wartet. Kathie raucht. Sie raucht eine weitere, schnelle Zigarette, kurz bevor wir endlich den Kinosaal betreten. Es ist entspannend, in den weichen Sessel abzutauchen, in die Dunkelheit des Saales. Die gebannte Aufmerksamkeit um mich herum ist ansteckend. Entgegen meines ersten Impulses, die Augen zu schließen und zu dösen, folge ich dem Film über den Kampf gegen Maschinenwesen, die Morde begehen, begreife die moralische Frage nach Schuld in Bezug auf einen vorgezeichneten Weg, in Bezug auf einen freien Willen. In einer etwas langatmigen Szene werfe ich einen Blick auf Kathie neben mir, die gebannt auf die Leinwand starrt. Ihr helles Kleid hebt sich gegen das dunkle Rot des Kinosessels ab und lässt ihre schlanke Figur erahnen. Ich wende mich wieder der Leinwand zu. Was habe ich von diesem Abend erwartet? Gehört es zum Prinzip des Nicht-Auffallens, mit einer Kollegin ins Kino zu gehen?

Später trinken wir noch ein Bier, sprechen über den Film, über Schauspieler und Spezialeffekte. Kathie hakt sich bei mir ein, als wir danach durch die laue Frühlingsnacht schlendern. Lehnt ihren Kopf an meine Schulter, die letzten Meter, bevor wir wieder vor ihrer Haustür sind. Dann steht sie vor mir, nimmt meine Hand, den Kopf gesenkt. Schließlich schaut sie hoch. Ihr Blick ist fragend, sie blinzelt mehrmals, schluckt. „Danke für den Abend", murmelt sie, gibt mir ein Küsschen auf den Mund und verschwindet.

10

Am Sonntag bin ich beim Alten eingeladen, Bericht erstatten. Seine Frau serviert erneut Kaffee und Kekse. Auch diese Kekse sind selbst gebacken. Wahrscheinlich kocht sie selbst. Wahrscheinlich entdeckt sie lauter Dinge, die das Berufsleben ihr vorenthalten hat. Sie geht, als wir versorgt sind. Ich kann spüren, wie sie lauscht. Nicht im realen Sinn. Nicht mit einem Ohr an der Tür, einer Obstschale an der Wand und ein Ohr dagegen gepresst, um besser zu hören. Aber wo auch immer sie jetzt ist, in der neu oder wieder entdeckten Küche, ihrem Nähzimmer oder am Schreibtisch, sie weiß, was ihr Mann mir jetzt sagen wird. Weiß es Wort für Wort, und ihre knotigen Hände krampfen sich um die erhofften Antworten.
„Ich werde langsam alt", höre ich den Alten sagen, und ich nicke. Warum es bestreiten. „Zeit, langsamer zu machen. Kürzer zu treten."
Wir lassen den Kaffee kalt werden, während er mir vorschlägt, mehr Verantwortung zu übernehmen und damit meint, ich solle die Firma übernehmen. Ich gebe ihm keine Antwort, was er, wie er sagt, verstehen kann. Ich kann ihm keine Antwort geben, am allerwenigsten die, die er hören möchte.

In der Firma häuft sich die Arbeit. Meistens bin ich abends der Letzte. Das Angebot des Alten geht mir im Kopf herum. Ich kann es nur ablehnen. Die Frage ist nur, wie ich ihn hinhalten kann. Nicht für lange. Beide Projekte, sowohl das Stummfilmkonzert im Hochsicherheitstrakt, als auch die Eröffnung der Konzerthalle, sind vielversprechend. Bei einer der beiden Veranstaltungen werde ich eingesetzt werden. Werde meinen Vertrag erfüllen und verschwinden. Was danach passiert, kümmert mich nicht. Was immer danach aus der Firma wird, aus dem Alten, aus Kathie,

es ist nicht mein Problem. Aber bis dahin muss ich hier weiter konzentriert arbeiten, darf nicht auffallen und also mache ich alles, um den Auftrag Konzerthalle zum Erfolg werden zu lassen. Kathie, stelle ich fest, ist ebenfalls oft bis spät da. Manchmal arbeiten wir zusammen, trinken vielleicht danach noch ein gemeinsames Bier, bevor wir in unsere Autos steigen, um unserer Wege gehen.
Manchmal frage ich mich, was noch hinter Kathies Fassade steckt. Was außer der verletzten, weinenden Kathie gibt es noch. Was hat es zu bedeuten, wenn sie mich lange ansieht, mir direkt in die Augen schaut? Was sollen diese Blicke? Ich lasse nie zu, dass solche Gedanken mich zu sehr beschäftigen. Nicht jetzt, da es zwei vielversprechende Projekte gibt, da mein Auftrag kurz vor seiner Erfüllung steht. Aber manchmal, wenn Kathie und ich zusammen arbeiten, kommt es zu kleinen Berührungen, wie zufällig, beim Kaffeetrinken, in einer Zigarettenpause. Hat Kathie mich früher jemals berührt? Und sind es wirklich Zufälle, derentwegen sie da auftaucht, wo ich bin? Es erinnert mich manchmal an die Mädchen in der Schule, wenn sie sich verknallt hatten. Hat Kathie sich verknallt? In mich? So kurz nach Derek? Kann es mehr sein, als das Bedürfnis, nicht allein zu sein? Was mich auf den Gedanken bringt, wie lange es her ist, seit ich das letzte Mal mit einer Frau im Bett war. Würde ich mit Kathie ins Bett wollen? Doch die Fragen sind müßig, lenken nur ab und bleiben alle unwichtig, denn die Routine holt uns ein. Es sind, denke ich, Hirngespinste gewesen. Kathie nimmt mich nicht anders wahr als sonst auch. Sie ignoriert mich, arbeitet, streitet sich. Verschwindet auf Jobs ohne ein Wort, kehrt ebenso wortlos zurück. Wozu auch etwas sagen? Und dann wieder so ein Blick. Ein Lächeln. Weil ich da war, in dieser Nacht mit Derek? Ich will

das nicht. Ausatmen. Beiseiteschieben. Konzentrieren. An den Auftrag denken.

Eines Abends fragt sie, ob sie zuschauen darf, wenn ich die Steuerelemente für eine Timecode-Kopplung programmiere. Sie sitzt schweigend hinter mir. Ich höre sie atmen. Das Problem ist die Trägheit von Filmprojektoren. Es vergehen mehr als zwei Sekunden, bis die Laufgeschwindigkeit von 24 oder 25 Bildern pro Sekunde erreicht ist. Man kann diese Differenz durch Tricks überspielen. Aber wenn bei einer Multimediaveranstaltung bildgenau gearbeitet wird, bekommt man Probleme. Meine Steuerung soll die Trägheitsverluste durch eine Rampe ausgleichen, bei der der Projektor einen definierten Zeitraum schneller läuft, um sich dann in den Synchronlauf einzuklinken. Irgendwann stellt Kathie die erste Frage. Nichts Banales, sondern zu einem Verfahrensschritt. Sie muss sich mit der Sache beschäftigt haben. Was sonst keinem in der Firma eingefallen wäre. Ich drehe mich zu ihr um. Sie lächelt mich an.
„War das eine dumme Frage?"
„Nein. Nein, schon okay."
Ihre Augen glänzen. Ich wende mich ab, starre auf den Bildschirm des Computers und kommentiere, was ich eingebe.
„Ist für die Konzerthalle", erkläre ich ihr. Der Alte hat eine Timecode-Steuerung ins Angebot geschrieben. Vielleicht hat das den Ausschlag gegeben. Vielleicht dachte der Alte, er kann mit Tricks arbeiten, die Bildgeschwindigkeitsregler einsetzen, die wir auch bei Stummfilmen nehmen. Aber der Auftraggeber will Automatisierung. Es ist machbar, aber es ist ein komplexes Problem. Jeder Projektor ist anders, jeder Start eines Films läuft ein klein wenig anders ab. Die Verzögerungen beim Hochfahren der Maschine sind unterschiedlich.

Ich muss wieder an das Angebot des Alten denken, das unausgesprochene Angebot. Er wäre bereit, mir sein Lebenswerk zu überlassen. Seine Eltern hatten, soviel ich weiß, ein Kino, das in den siebziger Jahren pleite machte. Da hat es der Alte schon übernommen gehabt. Aber Filme interessierten ihn nicht. Nicht so sehr wie die dazugehörige Technik. Also hat er die ausgebaut und weiterentwickelt, als das Kino schloss. So war er mit funktionierender Technik präsent, als Open-Air-Kino und Stummfilme populär wurden. Für Open-Air gibt es mittlerweile eine ganze Reihe von Firmen, die den gesamten Service anbieten. Aber im Bereich der exakt gesteuerten Projektion, also bei Stummfilm und bei Multimedia, ist die Firma führend.
Und jetzt wäre der Alte also bereit, sich langsam zurückzuziehen und seiner Frau in den geruhsamen Lebensabend zu folgen. Der Gedanke hat etwas Rührendes, etwas Trauriges, etwas Sehnsuchtsvolles.
Kathie bleibt aufmerksam, ohne mich absichtlich zu stören. Aber ich höre das Geräusch ihres Atems hinter mir, rieche ihr Haar. Irgendwann steht sie auf. „Willst du Kaffee oder Bier?" Ich werfe ihr einen Blick zu. Sehe sie in ihren unförmigen Kleidern und stelle mir die Frau darunter vor. Ich lasse mir ein Bier bringen. Die Programmierung bekomme ich heute nicht mehr fertig. Wir trinken und rauchen, während ich eine Sicherungskopie meiner Arbeit ziehe, den Rechner runterfahre.

Am nächsten Tag verschwindet Kathie für eine Veranstaltung. Ich sehe den Kleinlaster vom Hof fahren. Nils hilft mir bei der Konfektionierung von Verkabelung. Später essen wir zusammen in einem Schnellimbiss. Es ist ein bisschen langweilig.
Kathie kommt am nächsten Nachmittag zurück. Gemeinsam entladen wir den Wagen. Die normalen Gespräche über die Veranstaltung: „Hat alles geklappt?"

und: „Klar!", bis sie fragt: „Wie wär's mit Essen?" Ich sage zu.

Wir hatten beide keine Zeit zu duschen oder uns umzuziehen, gehen deshalb in eine einfache Kneipe in der Stadt. Rustikales Ambiente und ebensolches Essen. Als wir in die Nacht hinaus treten, hakt sich Kathie bei mir ein.
„Diesmal bringe ich dich nach Hause", sagt sie. Irgendwann bleibt sie stehen, ich bleibe stehen, wir sehen uns an und küssen uns. Als wir vor der Haustür stehen, sagt sie: „Ich wollte nicht zu mir, weißt du. Nicht so kurz danach."
Ich nehme sie mit hoch.

Unter ihrem Sweatshirt trägt sie ein einfaches Trägerunterhemd. Als sie ihre Armyhose auszieht, wirkt sie viel schmaler, als ich gedacht hatte. Ich weiß, dass sie kräftig ist, denn ich habe gesehen, was sie heben und halten kann. Ihre Finger sind erst kühl auf meiner Haut, ihre Küsse gierig.
Als ich in ihr bin, umschlingt sie mich mit ihren kräftigen Beinen und presst sich an mich, als fürchte sie, ich würde sie zu früh verlassen.

11

„Zur Technik? Interesse, Neigung. Ein bisschen Zufall."
Kathie liegt mit T-Shirt und Slip bekleidet im Bett und mampft Müsli, ich bin nackt und trinke Kaffee. Es ist Sonntag und Zeit zu reden.
„Und davor?"
Wie lange sind wir jetzt zusammen? Zwei Wochen, beinahe drei? Ich weiß, dass es gefährlich ist, doch das erhöht den Reiz.
Was ich Kathie erzähle: Das beschissene Milieu, aus dem ich stamme. Es lässt sie verstummen. Sie kennt so etwas nicht. Nur vom Hörensagen und aus schlechten Fernsehfilmen oder ebenso schlechten Reportagen. Ich bin so aufgewachsen, da rausgekommen, habe es geschafft. Sie glaubt es.
Was ich ihr erzähle: Dass es ein Vorteil ist, keine Angst vor körperlichen Schmerzen zu haben. Dass mein Vater mir die Angst ausgetrieben hat, indem er bei mir alles wund geprügelt hat, mit allem, was ihm in die Hände fiel. Dass ich meine Mutter noch hören könne mit ihrem beständigen: „Der Junge braucht eine starke Hand!" Ich sage ihr, dass ich irgendwann anfing, mich zu wehren, und es schließlich begann zu helfen. Plötzlich war der Alte ein Jammerlappen, der meine Undankbarkeit beklagte, wenn er am Boden lag. Im Gegensatz zu ihm hörte ich dann wenigstens auf. Sie glaubt es.
Ich erzähle Kathie davon, wie ich die Gewalt weitergegeben habe. Von dem Kick, den die Prügeleien mir gegeben haben, von den Momenten, wenn sich alles um mich herum auflöste, wenn nichts außer dem Kampf mehr existierte, und dem Hochgefühl, das kam, wenn ein scharfer Blick puren Terror auslöste. Sie rückt ein bisschen weg von mir. Beinahe unmerklich, aber doch weit genug, dass ich es registriere. Ich

behaupte, als Jugendlicher konnte ich die Angst der anderen tatsächlich riechen. Wann habe ich damit aufgehört? Sie schaut mich mit weit geöffneten Augen an und glaubt jedes Wort. Hat sie jetzt ein bisschen Angst vor mir? Natürlich hat sie das.

„Ich habe dann Kampfsport gemacht. Da ging es um Kontrolle, Selbstbeherrschung und so. Vielleicht mag ich Technik, weil ich die Geräte unter Kontrolle halten kann." Vielleicht auch deshalb, weil ich lernte, dass ich manipulieren konnte, was ich verstanden hatte. Dann komme ich mit meiner Geschichte zur Bundeswehr. Hier findet sie sich auf vertrautem Gebiet wieder. Sie kennt viele Männer, die beim Bund waren. Die Details sind für sie ohne Bedeutung: Infanterie, Grundausbildung, Waffenausbildung. Dann kam der Auslandseinsatz. Hier hört sie aufmerksam zu. Dies ist exotisch. Ich war in einem Land, das nicht im Urlaubskatalog steht. Was ich da gemacht habe, will sie wissen.

„Den Frieden gesichert." Das ist ihr zu vage, also erzähle ich es ihr genauer. Es war eines dieser Länder, in dem deutsche Soldaten für Ruhe und Ordnung sorgen sollen. Nach einem Krieg im Rahmen eines UN-Einsatzes.

„Es liest sich gut in der Zeitung, aber wir hingen eigentlich die meiste Zeit in einem gesicherten Camp und schlugen die Zeit tot." Sie hat ihr Müsli jetzt weggestellt, sitzt im Schneidersitz neben mir, den Kopf auf die Hände gestützt, aufmerksam zuhörend. Ich muss überlegen, ob ich ihr die Geschichte weiter erzähle. Wie ich sie ihr weitererzählen soll.

„Es war todlangweilig", sage ich schließlich. „Bis zu der Nacht, in der wir überfallen wurden. Drei Einheimische. Wahrscheinlich wollten sie nur stehlen, aber sie lösten Alarm aus, es gab ein paar Schüsse, dann war einer von ihnen tot."

Sie sagt etwas wie: „Das war bestimmt schrecklich."
Dann kuschelt sie sich an mich. Ich sage ihr nicht,
dass ich den Jungen erschossen hatte. Erzähle nichts
von der Suspendierung, nichts von den Vernehmungen, den Ausschüssen, den Beratungen, nichts von
der psychiatrischen Untersuchung.
„Guter Schuss", bemerkte der Psychologe. „Wenn Sie
hier raus sind, wissen Sie dann schon, was Sie machen sollen?"
Ich verneinte. Er gehörte zu den Truppen der Vereinten Nationen. Glattrasiert, kurzgeschoren, Offiziersrang. Sein Deutsch war makellos. Ich habe keine Ahnung, wo er herkam. Er stellte wieder einige Fragen,
deren Antworten er in ein Formular eintrug. „Macht es
Ihnen etwas aus, einen Menschen erschossen zu
haben?"
Ich dachte nach. Er fixierte mich, sein joviales Lächeln
gefror langsam zu einem Grinsen. Er konnte nicht
sehen, was in mir vorging: Das Erleben der Macht.
Der Moment, in dem sich alles auflöst. Es hatte nur
mich gegeben, die Waffe, das Opfer. Vielleicht konnte
er mehr davon sehen, als ich je gedacht hätte.
„Ich glaube nicht", sagte ich.
„Interesse an einem Job?" Und als ich bejahte: „Jemand wird Sie anrufen."
Kathies Blick ist während meines Schweigens erwartungsvoll geblieben, sie bebt vor Spannung.
„Und dann hast du dich danach mit Technik befasst?"
Sie will mich von den schlimmen Gedanken ablenken,
will mir Trost spenden. Sie liegt an mich gelehnt, hebt
den Kopf und sagt mir, dass ich stolz auf das sein
könne, was ich geschafft habe. Ich nicke, und sie
küsst mich. Später schlafen wir miteinander, duschen
dann zusammen. Danach gehen wir gemeinsam frühstücken. Das Wetter ist trüb. Es ist kühl und regnerisch. Sie trägt einen Wollpulli mit Rollkragen unter
ihrem Anorak, Jeans und Halbschuhe. Sie erinnert

mich an eine meiner Grundschullehrerinnen in ihrem Bemühen, das Gute in mir zu sehen. Mich auf einen Weg zu bringen, auf den ich weder wollte noch konnte.

Während des Frühstücks in einem Café, in dem wir nur mit Glück einen Tisch bekommen, ist es an ihr zu erzählen. Von dem Dorf, in dem sie groß wurde, in dem es nicht einmal ein Kino gab.

„Mein Opa filmte immer mit Super-8, und Papa hatte eine Videokamera. Die beiden haben sich immer gestritten, welches Format besser sei. Jedenfalls habe ich mit beiden Sachen gespielt."

Ich muss immer noch an den Offizier vom psychiatrischen Dienst denken und an den angekündigten Anruf. Das erste Gespräch mit einem Mann in Zivil, der mehr Befehlskompetenz ausstrahlte, als alle Offiziere, die ich beim Bund getroffen habe.

„Ich glaube, ich habe mir immer ein Kino gewünscht. So wie in dem Film >Cinema Paradiso<. Dann wäre ich auch jeden Tag im Vorführraum gewesen."

Was haben sie noch über mich in Erfahrung gebracht, bevor dieser Anruf erfolgte? Die Bibliotheken? Ich las schon als Kind viel. Reiche Jungs brauchen keine Bibliothek. Sie können Bücher kaufen. Aber Kerle wie ich …

„Irgendwann ging in der Schule der 16mm Projektor kaputt. Ich habe dann behauptet, mein Opa könne das reparieren. Habe den Projektor mit nach Hause genommen und auseinandergebaut. Ich weiß bis heute nicht, was wirklich kaputt war, aber hinterher ging er wieder."

Spielte das Wissen, das ich mir angeeignet hatte, die Neugier, die ich besaß, eine Rolle? Haben sie es so gemacht, meinen Lebenslauf studiert und mich für geeignet gehalten? Hat es sie überhaupt interessiert?

„Und daraus wurde immer mehr. Und jetzt bin ich hier."

Ich wurde mit Geld gekauft, in ein Ausbildungslager gesteckt, in dem ich Dinge lernte, von der in der gesamten Bundeswehr keiner Ahnung hat. Zehntausend Arten zu töten, zehntausend Gründe zu töten. Wie viele wurden noch angesprochen, werden jedes Jahr neu angeworben? Wie viele „von uns" sind da draußen irgendwo und warten auf ihren Auftrag? Oder gibt es nur mich? Für einen einzigen Job?

„Naja, dann kam die Ausbildung. Das war schon ein Kampf. Nur Jungs im Betrieb. Und jetzt bin ich hier."

Sie hat sich wiederholt, wartet auf eine Reaktion von mir.

„Ich denke, du kannst auch stolz auf dich sein." Sie schaut mich kurz fragend an. „Du bist die einzige Frau in dem Beruf. Jedenfalls kenne ich sonst keine."

Sie nimmt es als Kompliment.

12

Meine Anspannung lässt im Sommer nach. Es gibt dann zwar viel zu tun, aber die Veranstaltungen sind zu banal. Obwohl ich manchmal denke, dass es auch ein gutes Ziel wäre, wenn es allein um den Terror ginge. Tausend Menschen in einem Open-Air-Kino. Ich denke, ich könnte die Hälfte von ihnen töten, die andere Hälfte verletzen, wenn ich mit Sprengstoff arbeiten würde. Aber ein solcher Auftrag kommt nicht. Meine Auftraggeber sind offenbar nicht daran interessiert, ein Gemetzel zu veranstalten, um auf irgendetwas hinzuweisen. Sie werden selektiv vorgehen, sich ein Opfer genau aussuchen. So wurde es mir erklärt, als ich auf meine Position gesetzt wurde.
„Sie werden feststellen, dass Sie unbegrenzten Zugang zu Bereichen haben, in die sonst kein Mensch hineinkommt, ohne aufzufallen. Das kann sehr hilfreich sein. Sie werden auch feststellen, dass Sie kaum einer richtig wahrnimmt. Tun Sie nichts, um diesen Zustand zu ändern. Erledigen Sie einen einzigen Auftrag. Wir stoßen zu, ohne dass jemals jemand den Täter oder die Hintermänner finden könnte."
Also warte ich ab.

Ganz selten, wenn ich allein in meiner Wohnung bin, wenn ich im Fernsehen etwas von einem Anschlag mitbekomme, frage ich mich, was die Gründe für Terrorismus sind? Es gibt den vermeintlich blinden Terror, dem es egal ist, wer Opfer wird, solange der Anschlag blutig ist, Öffentlichkeit bekommt. In letzter Zeit wird diese Sparte von den Selbstmordattentätern im Nahen Osten dominiert, sieht man vom 11. September ab. Das Ziel ist Aufmerksamkeit, im Falle des World Trade Centers die weltweite Demütigung der Supermacht. Wer dahinter steckt? Arabische Terroristen, die Amerika demütigen wollen, wie die offizielle

Version lautet, oder Amerika selbst, das einen Kriegsgrund brauchte, wie Verschwörungstheoretiker behaupten und nicht wenige Leute glauben? Der Raum für Spekulation ist Teil des Terrors. Die Verunsicherung. Das Verwischen der Grenzen von Gut und Böse. Das Aufbauen und Nähren kollektiver Furcht. Dagegen steht der zielgerichtete Terror der Liquidation. Ein Opfer, nach Möglichkeit kein erkennbarer Täter. Die Gründe? Jeder Politiker bietet Gründe, ebenso wie jeder, der bei einem internationalen Unternehmen in der Führungsetage sitzt. Weil man dessen Politik verhindern will. Oder sie stärken. Mitleidseffekt. Ich habe mir manchmal darüber Gedanken gemacht, wenn ich mich darauf vorbereitet habe, diese Menschen durch ein Zielfernrohr zu fixieren, bereit sie zu töten. Ich versuche, nicht weiter darüber nachzudenken. Es ist ein Job, sie zu töten. Es ist nicht mein Job, die Gründe dafür zu verstehen.

Wir bereiten uns für die Open-Air-Saison vor. Der Alte macht sich weiterhin rar. Schneider sieht gehetzt aus. Es ist schwer, alles im Griff zu behalten, alles unter Kontrolle. Der Einbau in der Konzerthalle frisst uns auf. Schneider und, wie ich irgendwann ungläubig feststelle, ich, denn ich habe, wie es der Alte wollte, immer mehr Verantwortung übernommen. Wir beide wissen kaum noch, wie wir die Techniker für die anderen Veranstaltungen zusammenbekommen sollen.

Es kann so nicht weitergehen. Ich muss mich auf mein eigentliches Ziel konzentrieren. Letztendlich schlucke ich die Kröte, den Alten darüber zu informieren, dass es so nicht funktioniert. Ich gebe ihm das Versprechen, das er haben will. Genauso wie er, spreche ich in Andeutungen, belasse es im Vagen, vor allem, was die Zeit angeht, bringe ihn damit aber dazu, sich wenigstens der Konzerthalle anzunehmen.

Dadurch bin ich frei für ein paar Veranstaltungen, die die Firma schon aus finanziellen Gründen dringend braucht. Ich kann es mir nicht leisten, dass die Firma jetzt in die Pleite rutscht.

13

Die Vibrationen eines LKW machen einen oft geil. Ich wusste, dass ich nicht der einzige Mann bin, dem es so geht, wusste aber nicht, dass Frauen offenbar auch so reagieren. Kathie jedenfalls schmiegt sich an mich, während ich fahre, küsst mich auf die Wange, knabbert an meinem Ohr. Ihre Finger suchen den Reißverschluss meiner Hose, öffnen ihn und winden sich langsam hinein. Ich habe eine Erektion, noch bevor sie meinen Schwanz auch nur berührt. Sie umfasst mich und stöhnt. Nimmt meine rechte Hand vom Lenkrad und schiebt sie zwischen ihre Beine. Dann öffnet sie noch Gürtel und Knopf, beugt sich herunter und nimmt meinen Schwanz in den Mund. Ich winde meine Hand, die mittlerweile fest eingeklemmt ist, zwischen ihren Beinen hervor, packe sie an der Schulter und ziehe sie weg.
„Nicht während ich fahre!"
„Das ist doch das Geile!"
Sie beugt sich wieder herab. Das Verlangen, sie gewähren zu lassen, ist groß, aber ich greife erneut nach ihrer Schulter und halte sie auf Distanz.
„Nicht während ich fahre! Es ist zu gefährlich."
Sie zieht sich eingeschnappt zurück. Ich bemühe mich, einhändig die Hose wieder zu schließen. Es ist so etwas wie unser erster Streit.

Es ist, wie ich feststelle, als wir am Ziel sind, weniger ein Streit, als das Austesten einer Grenze gewesen. Kathie wollte wissen, wie ich reagieren würde, sie hat es herausgefunden, es hat ihr nicht gefallen. Jetzt ist sie unsicher. Weiß nicht, ob sie das Thema noch einmal ansprechen soll. Ihre Unsicherheit schlägt in Gereiztheit um. Sie lässt sie an den Aufbauhelfern aus. Das: „Noch nie ne Frau gesehen?", wird schärfer. Als sie die Leinwand vorbereiten, die Spannriemen durch

die Ösen ziehen, fährt sie einen Typen an: „Was ist? Du wirst doch schon mal was in ein Loch gesteckt haben!" Gelächter von ein paar anderen Jungs lösen die Spannung. Das Wetter ist gut, die Hilfskräfte sind motiviert. Was für uns Routine ist, ist für sie ein besonderes Ereignis. Ich überlasse Kathie den ganzen Frontbereich, also Leinwand und Tonanlage, während ich mich um den Projektor kümmere, den Film für den Abend vorbereite. Wir haben noch Zeit, etwas zu essen, bevor es dunkel genug ist, um das Objektiv zu testen. Die Anspannung hat sich gelöst. Die Hilfskräfte bauen die Bestuhlung auf.
Später sitzen Kathie und ich nebeneinander vor dem Projektionscontainer. Es läuft eine Romantic Comedy. Ich finde es Verschwendung, hier mit zwei Technikern zu arbeiten. Verschwendung von Zeit. Aber die gesamte Tour, die wir fahren, wird lang und anstrengend und wäre anders nicht zu bewältigen. Als Soldat lernt man zu schlafen, wenn dazu Gelegenheit besteht. Normalerweise würde ich jetzt im LKW sitzen und dösen. Aber ich sitze an Kathies Seite, beobachte mich selbst, wie ich mich amüsiere, spüre sie neben mir, ihre Gegenwart, den Druck ihres Beines gegen meines, ihres Armes an meinem, höre sie lachen bei den witzigen Szenen. Die Stimmung ist gut. In einem kleinen Ort wie diesem hier ist Open-Air-Kino noch ein Ereignis. Es wird dankbar aufgenommen. Anders als in Großstädten, ist das Publikum sehr gemischt. Jung und alt sitzen beieinander, ganze Familienverbände, Säuglinge, Kinder, deren junge Eltern, die wiederum ihre Eltern dabei haben. Man picknickt, genießt den Film, die ausgelassene Atmosphäre, das besondere Ereignis. Kathie schmiegt sich an mich. Sie ist viel entspannter als sonst, die Stimmung lässt sie lockerer werden. Spürt sie meine Grundspannung? Auf was führt sie sie zurück? Wahrscheinlich auf den Abbau in einer knappen Stunde, die Nachtarbeit, die Organisa-

tion des nächsten Tages, das nächste Open-Air-Kino. Ein anderer Ort, wenig Zeit, dazu mein Verlangen nach Perfektion. Alles muss klappen.

Es gibt die Tage, an denen wir zusammen eine Anlage aufbauen, die Abende, wenn, nach den Tests, der erste Film läuft. Die Nächte in Hotelzimmern. Gemeinsames Duschen oder Baden, manchmal mitten in der Nacht. Frühstücksbuffets, während uns beiden noch der Schlaf in den Gliedern hängt. Kathie schweigt dann und grinst nur manchmal. Gähnt und räkelt sich. Kuschelt sich beim Fahren an mich und versucht, etwas Schlaf nachzuholen. Ich lasse sie fahren, wenn ich mit dem Alten per Handy Details zum Ausbau der Konzerthalle zu besprechen habe. Bekomme von Schneider die Bestätigung, dass das Stummfilmkonzert wie geplant stattfinden wird. Ich gebe die Bestätigung per SMS weiter an meine Auftraggeber. Sie wissen über beide Veranstaltungen Bescheid, doch es herrscht Funkstille. Besser so. Es wäre schwiwrig, Kathie für genauere Besprechungen dieser Pläne aus dem Weg zu gehen.
Sie trägt Sommerkleider, wenn wir morgens das Hotel verlassen, auf der Fahrt und kleidet sich schnell im Laderaum des LKW um, bevor die Arbeit losgeht. Ich beobachte, wie sie die Hilfskräfte einweist.
„Schlaufen. In alle Ösen. So! Dann hoch damit." Viel gelassener als an jenem ersten Tag der Tour. Die Grenze ist akzeptiert. Es ist nie wieder darüber gesprochen worden.
Dafür gibt es Momente wunderbarer Romantik. Wir bauen ein Open-Air-Kino direkt an einem Fluss auf und als die erste Veranstaltung durch ist, der Platz leer, ich mich darauf einstelle, endlich ins Hotel, ins Bett zu kommen, zieht Kathie mich mit sich ans Ufer.
„Los komm!" Damit streift sie die Kleider ab und taucht ins Wasser. Ich folge ihr. Es belebt, erregt, kribbelt.

Die Strömung saugt an uns, Mondlicht spielt auf der Wasseroberfläche. Sie tollt herum, berührt mich, streichelt, lockt. Später haben wir Sex auf einem Handtuch am Ufer. Trinken Rotwein, den sie mitgebracht hat. Schlafen in Schlafsäcken. Ihre Hände und ihr Mund wecken mich am Morgen.

Dann sind wir wieder auf der Autobahn unterwegs, zurück in die Firma. Schneider, der Disponent, ist noch da, als wir am Nachmittag ankommen. Er wartet sogar noch ab, bis wir das verbleibende Material ausgeladen und verstaut haben.
„Kathie, du fährst morgen mit dem Bus los. Ist schon beladen. Ich habe die Lieferscheine im Büro. Und du", er wendet sich an mich, „müsstest die anderen Veranstaltungen dann allein machen. Geht das?" Und als wir im Büro sind: „Kannst dabei ja auch gerade mal bei unserer Großbaustelle reinschauen, bevor du zurückfährst. Nicht, dass sie uns da Mist bauen und die Projektionsräume kleiner machen als vereinbart." Diese Gefahr besteht nicht, aber ich weiß, was er meint.

Am Abend bekomme ich per SMS eine Telefonnummer und eine Uhrzeit mitgeteilt. Es ist plötzlich nicht mehr so einfach, zu telefonieren und ein vertrauliches Gespräch zu führen. Ich sage Kathie, dass ich in meine Wohnung müsse, Wäsche wechseln und so. Sie nickt. Wir sind beide noch müde. Von letzter Nacht, von der langen Fahrt. Sie gibt mir einen Kuss. Ich sage: „Bis zum nächsten Fluss", und sie lächelt.
Die Stimme im Telefon sagt: „Sie werden dieses Filmkonzert machen. Es gibt wahrscheinlich einen Auftrag. Unterlagen folgen. Halten Sie sich bereit."
Ich versuche mir darüber klar zu werden, wie ein Auftrag an diesem Ort aussehen kann. Wird es Ansprachen vor dem Konzert geben? Ich kann von meiner

Position am Projektor jeden Bereich der Bühne abdecken, aber es ist äußerst schwierig, jemanden zu erschießen, der im Publikum sitzt. Außerdem beunruhigt mich der Sicherheitsaspekt. Ich bin diesen Deal nicht eingegangen, um lebenslang ins Gefängnis zu gehen oder erschossen zu werden,. Ich will etwas haben von meinem sauer verdienten Geld.

Ich sehe Kathie nach, als sie mit dem Bus allein vom Hof fährt. Sie winkt aus dem Fenster. Es ist ein komisches Gefühl zu wissen, dass sie jetzt drei Tage lang Veranstaltungen im Süden fahren wird, während ich in den Osten muss.
Ich denke an sie, während ich arbeite, wenn die Veranstaltungen laufen, in den Nächten, allein im Hotelzimmer.
Zwischen zwei Open-Air-Kinos gibt es einen Sonderauftrag. Wieder einmal erlebe ich das Selbstverständliche, freie Bewegen bei einer Veranstaltung. Ich habe meine Ausrüstung dabei, obwohl es soweit keinen Anlass dazu gibt. Nur zu Übungszwecken. Am Veranstaltungsort herrscht mittlere Sicherheitsstufe, die normalerweise bedeutet, dass Gepäckstücke kontrolliert werden müssen. Das gilt weder für meine Flightcases mit dem Material, das ich über die Laderampe ins Haus schaffe, noch für die Werkzeugkoffer oder meinen Spezialkoffer, die ich später über den normalen Eingang reintrage. Es sind ein paar Polizisten vor dem Haus, als die Veranstaltung beginnt. Sie scheinen mehr Angst vor Demonstrationen oder sonstigen Protesten zu haben, als vor einem Anschlag. Irgendeiner der anwesenden Politiker ist zur Zeit nicht gerade beliebt. Der anwesende Ministerpräsident wahrscheinlich, ein Mann von unangenehmem Äußeren und Vertreter unbarmherziger Interessenpolitik. Nur aus Trainingsgründen setze ich das Gewehr zusammen, lege an, fixiere das schweinchenrosane

Gesicht kurz durch das Zielfernrohr und betätige den Abzug. Die Rede geht weiter. Niemand hat etwas gemerkt. Ich atme langsam aus und nehme die Waffe wieder auseinander.

14

Unsere „Großbaustelle", wie wir in der Firma den Wiederaufbau der Konzerthalle, dieses prächtigen Musentempels, nennen, ist in recht kurzer Zeit ziemlich weit gekommen.
„Grassner. Ich bin von der Technik. Und Sie sind von der Projektionstechnikfirma, richtig?" Die Projektionsräume sind kurz vor der Fertigstellung. Man versichert mir, dass wir in der nächsten Woche mit dem Einbau beginnen können, mit der Videoprojektion noch früher, da die Beamer in der Saaldecke versenkt werden und nur bei Bedarf ausgefahren werden. Ich überprüfe die Kabelverbindungen, die wir bestellt haben, stelle befriedigt fest, dass selbst die strittigen Punkte in unserem Sinne erledigt worden sind. Einbau ab nächster Woche. Wenn wir schnell arbeiten, kann das Gröbste in ein paar Tagen erledigt sein. Dann kann der Alte die Feineinstellungen vornehmen, während ich das Stummfilmkonzert mache, dessen Termin langsam näher rückt. Das vielleicht das Ende meines Auftrages bedeutet. Das Ziel.
„Wenn Sie Zeit haben, können wir gerne einen Rundgang durchs Haus machen." Grassner ist voller Stolz auf das Gebäude, für dessen Technik er in naher Zukunft zuständig sein wird. Er hat ein Diplom in Elektrotechnik. „Sie haben bei der Planung sogar mal auf die Bedürfnisse der Techniker Rücksicht genommen. Sehen Sie, hier." Wir sind in einer Tonregie. In einiger Entfernung die Bühne. Getönte Scheiben, dahinter Stuhlreihen, Parkett, großer Saal. Vielleicht bekommt er noch den Namen eines wichtigen Menschen. Ich habe den Rohzustand gesehen. Weiß, wieviele Ränge es gibt. Grassner weist auf eine Tür, die in einen kleinen Flur führt. Von dem Flur geht eine weitere Tür geradeaus, eine Tür nach rechts ab. Hinter der rechten Tür verbirgt sich ein Waschraum.

„Schließlich kann man nicht erst durchs ganze Haus laufen, wenn es während einer Veranstaltung mal drückt. Außerdem ist alles doppelt abgesichert. Da geht es weiter in den nächsten Regieraum." Er zeigt auf die Tür am anderen Ende des kleinen Flures. „Alles durchdacht." Ich entschuldige mich kurz und zeige auf die Toilette. Grassner lächelt und lädt mich mit großzügiger Geste zur Benutzung ein.
Der Raum ist so, wie ich mir die Waschräume in solch einem Gebäude vorgestellt habe. Sogar in diesem abgelegenen Technikerklo ist alles strahlend weiß gefliest. Der Raum selbst bietet keine Versteckmöglichkeiten. Selbst der Spülkasten ist in der Wand versenkt. Aber unter der Decke verläuft ein Lüftungsrohr. Ich kann es erreichen, wenn ich mich auf die Toilette stelle. Mit zwei Streifen Klebeband ließe sich hier eine Waffe anbringen. Wie ordentlich werden die Putzkräfte sein? Gewöhnlich machen sie nichts sauber, das ohnehin nicht zu sehen ist. Im Handtuchspender wäre ebenfalls Platz für eine Pistole. Allerdings müsste man hierzu definitiv den Putzplan kennen, die Waffe deponieren, kurz nachdem die Handtücher nachgefüllt wurden. Ein Versteck für höchstens einen Tag. Ich verlasse den Waschraum, wende mich nach rechts und betrete die zweite Regiekabine. Von dort führt eine Tür zum Zugang in den Saal, genauso wie auf der anderen Seite. Zurück im Waschraum betätige ich die Spülung. Grassner hat draußen eine weitere Überraschung für mich. Er hat die getönten Scheiben zum Saal hin verschwinden lassen. „Wenn wir Liveaufnahmen machen. Damit die Tonregie den Sound unverfälscht bekommt." Er fährt die Scheibe wieder hoch. Sie bewegt sich lautlos, von einem leisen Summen des Elektromotors abgesehen. Ich weiß jetzt, wo unter den unzähligen Reglern diese Steuerung sitzt.

Später trinke ich einen Kaffee an einer Autobahnraststätte und mache mir Notizen. Für einen Schuss auf die Bühne ist die Tonregie ideal, sofern die Scheibe unten ist. Die Flucht ist über den Flur und den zweiten Regieraum kein Problem, wenn im Saal genügend Verwirrung herrscht, um die Sicherheitskräfte abzulenken. Ich gehe ein paar Möglichkeiten in Gedanken durch. Zerreiße dann die Notizen, die für jeden Außenstehenden unleserliches Gekritzel sind, und werfe sie im Hinausgehen in einen Mülleimer. Mein Auftrag wird beim Stummfilmkonzert sein. Und ich habe immer noch keine Vorstellung davon, wie ich mit heiler Haut aus dieser Sache rauskommen soll.

Der Bus steht im Hof, aber Kathies Auto ist nicht auf dem Parkplatz, als ich zurückkomme. Ich fahre über die nächtlich leere Autobahn in die Stadt. Es ist immer noch heiß. Ich parke in ein paar Blocks Entfernung. Erst als ich die Wohnung aufschließe, merke ich, dass ich wie selbstverständlich zu Kathie gefahren bin. Die Wohnung ist dunkel. Aus dem Schlafzimmer höre ich Atemgeräusche. Ich entkleide mich lautlos und putze die Zähne. Sie hat das Laken weggestrampelt. Ich nehme einen Zipfel und ziehe ihn über ihre Lenden, damit sie sich nicht verkühlt. Schlüpfe neben ihr ins Bett. Sie brummelt. Dreht sich um und rollt sich zusammen.
Ich liege auf dem Rücken, betrachte die hellen Flecken auf der Decke und frage mich, wohin das führen soll.

15

Ich weiß nicht, weshalb am nächsten Morgen der Streit losbricht. Sie hat Frühstück gemacht, mich schlafen lassen. Dann sprechen wir über die Jobs, versichern uns, sie zuerst, einander vermisst zu haben. Und dann kommen die Vorwürfe, langsam steigernd, mit trotzigem, vorwurfsvollem Blick, die Arme vor der Brust verschränkt. Ich sei zu reserviert, behauptet Kathie, zu bedeckt. Sie kenne mich eigentlich gar nicht.
Ich blocke ab, verziehe mich in meine Wohnung, später mache eine Runde Training

Warum bleibe ich mit ihr zusammen? Es ist bequem, ab und zu Sex zu haben, manchmal ganz nett, mit jemandem einfach nur zusammen zu sein. Vielleicht ist es das Vortäuschen von Normalität, das mich reizt. Als sie später anruft, ist sie zerknirscht. Wir treffen uns, und ich bemerke den Rest des morgendlichen Vorwurfs in ihrem Verhalten. Wenn sie so ist wie jetzt, kann ich sie beschwichtigen, indem ich ihr erzähle, mir Gedanken über die Zukunft, über unsere Zukunft zu machen. Die Firma, die sie gerne hätte, wird dann eben auch für mich interessant. Ihre Vorwürfe schmelzen dahin, sie schmilzt dahin. Nie hätte sie mir Vorwürfe gemacht, wenn sie das gewusst hätte. Warum ich ihr nicht schon früher erzählt habe, dass ich mir Gedanken um eine gemeinsame Zukunft mache. Wir rechnen gemeinsam durch, wieviel Geld wir ansparen müssen, um kreditwürdig zu sein. Sie weiß nicht, was der Alte mir vorgeschlagen hat. Weiß nicht, dass ich die Firma übernehmen könnte, ihren Wert abarbeiten. Sie wird es hoffentlich nie erfahren. Also zählen wir unsere Mittel, prüfen unsere Möglichkeiten. Sie kann von ihrer Familie Unterstützung erwarten, ich natürlich nicht.

Dass ich Geld habe, wenigstens einmal haben werde, wird Kathie niemals erfahren. Mehr Geld, als sie sich mit Arbeit jemals verdienen wird.

Wenn ich ihr einen solchen Happen vorgeworfen habe, ist sie für eine Weile zufrieden, und ich kann meinen Gedanken nachhängen. Sie arbeitet hart in der Zeit nach diesem Gespräch über die Zukunft. Schiebt Überstunden, die sie sich ausbezahlen lässt. Spart. Bis sie an die Grenzen ihrer Belastbarkeit kommt. Zusammenklappt. Ein Wochenende krank im Bett liegt. Ich bin für sie da. Das scheint zu einer Gewohnheit zu werden. Aber es macht mir nichts mehr aus.
Dann macht sie wieder langsamer. Die Frustration steigt. Sie weiß nicht, was sie von mir will, weiß nicht einmal, was sie von sich selbst will. Ein großer Teil von Kathie will genau das sein, was sie jetzt ist. Will aussehen wie mit achtzehn, obwohl sie auf die Dreißig zugeht. Auf Achse sein, kurzfristig Verantwortung übernehmen, aber nie für mehr als eine Veranstaltung. Ein anderer Teil von ihr sehnt sich nach etwas anderem. Etwas Soliderem. Der kindliche Teil von ihr will nach Hause kommen und sich geborgen fühlen. Opa mit Super-8, Papi mit Video und das spielende Kind dazwischen. Die erwachsene Frau, die sie ist, will selbst diese Geborgenheit ausstrahlen. Will sie schaffen. Will ein Heim schaffen. Ein Teil von Kathie will eine Familie. Vielleicht ein Kind? Kinder? Das ist der Teil in ihr, der mehr von mir wissen will, wissen muss. Bin ich mehr als ein kompetenter Kollege, mit dem sie ein Verhältnis hat? Biete ich mehr als das? Wenn dieser Teil frustriert ist, gehen die Vorwürfe wieder los. Diesmal will sie wissen, warum wir nicht zusammenziehen. Es würde Geld sparen.
Später weint sie, weil sie das so gesagt hat. Sie will doch nur mit mir zusammen sein. Nicht weil es billiger ist, sondern überhaupt.

Ich lasse sie allein zurück. Gehe in meine Wohnung, lasse die Rollläden runter und setze das Gewehr zusammen. Immer und immer wieder. Klack, klack, klack. Ich höre die Teile einrasten, nehme die Waffe hoch, ziele ins Nichts und drücke ab. Klick. Dann wieder von vorne. Demontieren, montieren, zielen, schießen. Ich weiß nicht einmal, wie spät es ist, als ich ins Bett sinke, ohne mich zu waschen oder auszuziehen.

16

Während des Aufbaus in der Konzerthalle verlieren sich die Streitereien zwischen Kathie und mir. Es gibt zuviel zu tun. Ständig pendelt irgend jemand zwischen Konzerthalle und Firma. Es wird Material geholt, eingebaut, getestet, überprüft, justiert. Der Streit verlagert sich auf andere Ebenen. Er findet statt zwischen uns und anderen Technikern, die zeitgleich im Saal arbeiten, die ebenfalls Termindruck haben. Die meisten Probleme gibt es mit meiner Time-code-Kopplung. Sie funktioniert, allerdings nur dann, wenn sich die anderen angeschlossenen Systeme dem Projektor unterordnen. Licht- und Tontechniker von anderen Firmen schimpfen über unsere veraltete analoge Technik. Der Ärger muss schließlich von Grassner beigelegt werden, der als Elektrotechniker versteht, wie das System funktioniert und als Haustechniker will, dass es das auch tut. Als das geschafft ist, räume ich das Feld. Der Alte und Kathie bleiben zurück, um die Testläufe zu machen.

Wieder Zuhause bekomme ich eine SMS, in der mir mitgeteilt wird, dass der Auftrag mit neunzigprozentiger Sicherheit auf dem Stummfilmkonzert im Gemeindezentrum stattfinden wird. Weitere Anweisungen werden folgen.
Kathie ruft an diesem Abend an. Ich bin wortkarg, sie scheint müde zu sein. Nachdem wir eine Weile fast nichts gesagt haben, ich mich aber nicht entscheiden kann, das Gespräch zu beenden, stellt sich heraus, dass sie mehr als müde ist. Sie ist völlig erschöpft. Dann weint sie ein bisschen, weil es so alles nicht weitergehen kann, und ich denke, dass es das auch nicht wird. Der Auftrag rückt näher. Aufgabe erfüllt, Ziel erreicht. Das Geld, das sich auf meinem Nummernkonto angesammelt hat, wird dann wirklich mir

gehören, und ich werde verschwinden. Für immer.
„Ich würde mich jetzt gerne an dich kuscheln", sagt Kathie. „Ich würde mich auch gerne an dich kuscheln", höre ich mich sagen. Das Gespräch geht noch kurz weiter, sprachlos, zwecklos. Erst als ich durchs Bad bin, in meinem Bett liege und die Decke anstarre, kommen mir meine Worte wieder in den Sinn. Werden sie für einen Moment wahr.

Kathie kommt Freitagnacht nach Hause. Das Wochenende ist frei. Montag bis Mittwoch werden wir gemeinsam in der Konzerthalle sein, Donnerstag fahre ich zum Stummfilmkonzert, Aufbau und Probe ist am Freitag, Veranstaltung am Samstag. Danach?
Sie schläft am Samstag lange, während ich ins Training gehe. Sitzt noch müde in der Küche, als ich zurückkomme. Ihre Erschöpfung sitzt tief. Einmal ausschlafen kann sie nicht kurieren. Kathie ist verunsichert. Sie ist es nicht gewohnt, ihre Schwäche zu zeigen. Weiß nicht, wie ich darauf reagieren werde. Wir kuscheln, haben dann Sex, seit langer Zeit mal wieder. Ihre Blicke bleiben komisch fragend, so als hätte sie etwas mitzuteilen, wisse aber nicht, wie anfangen. Später erzählt sie mir, dass sie am Abend mit einer Freundin verabredet ist. Es ist das erste Mal, seit wir zusammen sind, beide gemeinsam Zeit haben, und sie etwas ohne mich unternimmt.

Am nächsten Abend erzähle ich ihr von der Katze. Warum ich es tue? Ich will ihre Reaktion sehen. Kathie mag Katzen. Sie hätte gerne eine Katze. Ein Tier zum Kuscheln, doch wild und mit eigenem Willen. Ich komme spät in ihre Wohnung. Sie hat gekocht. Hat sich Mühe gegeben. Ich habe schon gegessen, sage aber nichts. Sie wäre enttäuscht. Wieso gebe ich Geld in einem Restaurant aus? Wir müssen doch sparen. Für die Zukunft. Es ist absurd. Ich erzähle ihr nicht, dass ich schon gegessen habe, ich erzähle ihr von der Katze. Der Katze, die ich gehört habe, als ich auf dem Weg zu ihr war. Hierher. Ein schwaches Geräusch.

„Erst dachte ich, sie hängt vielleicht irgendwo fest."

Meine Stimme ist trocken, obwohl ich Bier trinke. Kathie hatte Wein zum Essen gekauft. Sie hat bereits ein halbes Glas getrunken. Etwas Lippenstift klebt daran. Sie hat extra Lippenstift aufgelegt. Ihre Augen sind immer noch müde, Ringe darunter.

„Dachte, ich kann sie da losmachen", sage ich. „Bis ich sie gefunden habe." Kathie schluckt. Sie ahnt, was kommt. Ich trinke von meinem Bier, spreche dann schneller: „Sie lag im Rinnstein. Auf der Seite. Den Kopf leicht angehoben. Und die Bauchdecke war offen, und ein bisschen Darm hing heraus. Es war nur wenig Blut da. Ganz wenig."

Kathies Augen füllen sich mit Tränen. Ich schaue sie kurz an, dann weg. Drehe die Bierflasche in meiner Hand.

„Und du ...?"

Sie weiß nicht, was sie selbst getan hätte. Weiß nicht, was ich getan habe. Sie reagiert genau so, wie ich es mir vorgestellt habe.

„Ich habe ihr den Hals umgedreht."

Wieder schluckt Kathie. Die Tränen fließen jetzt offen. Ich spreche weiter, bevor sie etwas sagt: „Sie wäre langsam und elend verreckt, wenn ich es nicht getan hätte." Kathie nickt. Ihr tränenverschmiertes Gesicht ist voller Entsetzen, aber sie nickt zustimmend. Es kann nicht anders sein. Natürlich musste ich das Tier von seinem Leid erlösen. „Sie hat mich angeschaut", fahre ich fort. „Katzen schauen einen an. Nicht wie Hunde. Sie hat mich angeschaut, ich habe weggesehen, und dann habe ich es getan."

Kathie heult. Heult, steht auf, kommt zu mir herüber, setzt sich auf meinen Schoss und spendet mir Trost.

Plötzlich habe ich einen Kloß im Hals. Das war nicht vorgesehen, als ich mir die Geschichte ausdachte.

Als ich am Mittwoch spät am Abend in meine Wohnung komme, ist ein Brief in meinem Briefkasten. Einfaches Papier. Das Papier wird keine Fingerabdrücke haben, aber ich verbrenne Umschlag und Brief trotzdem nach dem Lesen. DNA-Spuren, so wurde mir beigebracht, sind nicht zu vermeiden. Der Brief gibt mir einen Treffpunkt an einer Autobahnraststätte an, zur Materialübergabe. Weitere Anweisungen würden dort erfolgen. Als ich den Koffer mit dem Gewehr aus seinem Versteck hole, begreife ich, was das bedeutet. Sie wollen es mit Sprengstoff machen.

Ich stelle den LKW so, dass noch ein anderer Laster daneben passt. Ziemlich weit weg von der Raststätte, dort, wo auf den LKW-Parkplätzen noch ausreichend Platz ist. Der Kontaktmann kommt mit einem Transporter zehn Minuten nach mir.

„Sie bekommen von mir", sagt er, als er aus dem Transporter ausgestiegen ist, „die Kapseln für das Trilite-Gestell. Ich nehme an, Sie haben die Unterlagen studiert." Ich nicke. Es gab noch eine Mail mit Anweisungen. Der Mann öffnet die Hecktür und löst die Spanngurte, die eine Kiste gesichert haben.

„Ich werde das Material mit Ihnen montieren. Es ist sicherer."

Er wartet, bis ich die Ladebordwand runtergefahren habe. Das Trilite liegt auf Streben über dem restlichen Material. Trilite besteht aus drei Aluminiumröhren von etwa sechs Zentimeter Durchmesser, die durch im Zickzack verlaufende Querstreben verbunden sind. In ihrer dreieckigen Grundform sind Trilite-Elemente hoch stabil, gleichzeitig sehr leicht. Man kann Leinwände fast schon beliebiger Größe damit aufbauen.

„Wir konzentrieren uns auf eine Stelle. Wir brauchen ein zwei und ein drei Meter Stück. Ich sage Ihnen später, wo Sie die präparierten Elemente einbauen müssen."

Dann öffnet er seine Kiste, entnimmt ihr die zylinderförmigen Sprengsätze. Sie sind deutlich schmaler als Getränkedosen aber nicht wesentlich länger. Ein anderer LKW auf Parkplatzsuche fährt an uns vorbei, während wir zwei Trilite-Elemente auf den Asphalt legen und beginnen, sie mit den Sprengsätzen zu bestücken. Der fremde Fahrer geht in einem Bogen an uns vorbei auf das Restaurant zu. In ein paar Metern Entfernung rauscht die Autobahn. Die Sonne ist heiß über dem Teer. Das schabende Geräusch der

Sprengsätze, die ins Trilite geschoben werden, klingt mir in den Ohren.

Wir arbeiten für circa eine Viertelstunde, obwohl es mir länger vorkommt.

„Verschlüsse." Ich weiß nicht, was er meint. Er kramt in der Kiste und fördert dünne Scheiben zutage, die mit einem Schraubenschlüssel gespreizt werden können und die Sprengkapseln in den hohlen Röhren der Trilite-Elemente festhalten.

„Markieren Sie die zwei Elemente."

Nachdem ich meine Klebebandmarkierungen gesetzt habe, erklärt er mir, wo ich im Leinwandrahmen die präparierten Teile einsetzen muss, um die beste Wirkung zu erzielen. Ganz unten in seiner Kiste liegt etwas, das wie ein Schlafsack aussieht. Er nimmt es heraus und reicht es mir. Es ist schwer.

„Wir kommen jetzt zur Durchführung. Sie haben den Auslöser mit in ihrer Kabine. Wie weit sind Sie entfernt?"

Ich gebe ihm die Zeichnung, die ich nach der Ortsbesichtigung angefertigt habe. Es ist nicht darauf zu erkennen, welches Gebäude es ist, geschweige denn welcher Ort. Aber natürlich kennt er den Ort, weiß worum es geht, sonst könnte er mir nicht sagen, wo im Leinwandrahmen der Sprengstoff sein muss. Er studiert den Plan einen Moment lang.

„Die Druckwelle würde Sie verletzen, vielleicht sogar töten. Selbst durch die Kabinenwände durch", sagt er schließlich und betrachtet mich, als wolle er feststellen, wieviel ich aushalten kann. „Wenn es soweit ist, kriechen Sie in den Sack. Er wird das Schlimmste abhalten. Auf den Befehl hin zünden." Ein kurzes Zeigen mit dem Finger auf den Auslöser, der bereits in meiner Hand liegt. „Wir haben eine Zeitverzögerung von drei Sekunden programmiert. Zeit genug, den Kopf einzuziehen". Er sagt das ohne den Anflug eines Lächelns. „Wenn es vorbei ist, kriechen Sie aus dem

Schrott ihrer Kabine hervor. Bleiben Sie unauffällig, verschwinden Sie unauffällig. Sie werden Ihr Fluchtset irgendwo untergebracht haben, bevor es losgeht. Der Rest liegt bei Ihnen."

Er steigt in seinen Transporter und fährt los. Wir haben gerade in aller Öffentlichkeit Sprengstoff für einen terroristischen Anschlag vorbereitet. Der Schweiß auf meiner Stirn kommt nicht nur von der Sonne.

18

Den Rest der Strecke fahre ich langsam und vorsichtig. Ich weiß, dass es überflüssig ist. Ohne den Zünder kann mit dem Sprengstoff nichts passieren. Trotzdem halte ich großen Abstand, um nicht hart bremsen zu müssen.
Ich erreiche den Veranstaltungsort am späten Nachmittag. Fahre auf die Sperre in der Einfahrt zum Hof zu und hupe. Wie gehofft ist das Orchester schon da, damit auch der Hausmeister erreichbar, der mir das Tor öffnet. Keiner kontrolliert mich.

Die Bühnenelemente stehen schon, leider auch die ersten Flightcases vom Orchester, die ich sofort an den Rand schieben lasse. Gemeinsam mit den Aufbauhelfern lade ich das Trilite ab und schaffe es zur Bühne.
„Die sind mal gestaucht worden. Seitdem passen sie nur noch in einer bestimmten Reihenfolge, klar?" Die Rigger nicken. Sie sind alle Spielarten von Macken bei Technikern gewohnt. Ihre eigene Macke ist es, alles so schnell wie möglich hochbringen zu wollen. Also muss ich sie bremsen, bis ich meine Elemente in der richtigen Reihenfolge ausgelegt habe, dann helfen die Jungs bei der Montage und anschließend beim Einhängen der Bildwand. Danach dürfen sie endlich hoch damit. Ich beobachte, wie sich die Bildwand vom Boden hebt, beobachte die mit den roten Punkten markierten Elemente, die jetzt in Höhe des zweiten Obergeschosses ankommen. Ich kann hier nichts mehr tun. die Sprengladung ist am Ort. Die Rigger messen den Abstand zum Boden, checken, ob die Leinwand lotrecht und waagerecht ist, sichern sie. Ich lasse sie machen und kümmere mich um den Aufbau meines Projektors und der Kabine.

Unterdessen ist die Leinwand auf Position. Die Rigger haben ihren Job getan und ziehen ab. Einige der Musiker werfen skeptische Blicke nach oben. Sie werden sich daran gewöhnt haben, dass eine acht mal zehn Meter große Bildwand über ihnen hängt, wenn sie morgen spielen. Als der Projektor steht, verlege ich die Videokabel für die Monitore, die sowohl Freyer als Dirigent, als auch einige Musiker für die Veranstaltung brauchen werden. Das einfachste System, um dem Dirigenten ein genaues Bild des Geschehens auf der Leinwand auf einen Monitor zu spielen, ist, die Leinwand abzufilmen. Was mich auf den Gedanken bringt, dass die Polizei tatsächlich eine Videoaufnahme des Attentats bekommt, sofern es stattfindet und die Kamera die Sprengung überlebt. Ich schüttle den Kopf. Quatsch. Natürlich wird in der Kamera kein Band sein.

Freyer kommt zu mir, begrüßt mich überschwänglich wie gewohnt und erläutert den weiteren Ablauf des Abends. Er möchte so bald wie möglich mit der Probe anfangen, was ich ablehne, da ich erst das Objektiv einrichten muss, wozu ich Dunkelheit brauche. Er schüttelt kurz den Kopf und lächelt mich dann an. „Natürlich. Aber es stört Sie nicht, wenn ich schon ein paar Passagen proben lasse, während Sie noch arbeiten, oder?" Es stört mich nicht, und er zieht frohgelaunt von dannen, wahrscheinlich um noch irgendwo einen Kaffee zu trinken.

Ich schaffe es schließlich auch noch, einen Kaffee in einer Bar in der Nähe zu trinken und wenigstens einen Happen zu essen. Als ich zurückkomme, ist der Sicherheitsdienst des Hauses auf dem Hof. Den Streit darüber, ob die LKWs über Nacht im Hof bleiben dürfen, hat der Orchestermanager schon für sich und damit auch für mich entschieden. Aber nun müssen die Wagen auf Waffen geprüft werden. Ich schließe das Führerhaus auf, aktiviere die Zündung, um die Heckklappe runterfahren zu können. Der Sicherheitsmensch leuchtet kurz mit der Taschenlampe den Laderaum aus, dann wirft er einen noch kürzeren Blick ins Führerhaus. Kontrolle beendet. Soviel zum Hochsicherheitstrakt.

Kaum dämmert es, richte ich das Objektiv ein, lasse dann eine Testschleife durch den Projektor laufen, um die Videokamera einzustellen und die Monitore auf der Bühne zu testen. Bis ich fertig bin, ist es ausreichend dunkel für die Generalprobe. Ich bespreche den Start mit Freyer. Dann lege ich den Film in die Mechanik ein, werfe einen letzten Blick auf das Feld kleiner Lichter, das das Orchester schwach beleuchtet, Freyer ist ein Schatten, der die Lichter in zwei Hälften teilt. Er hebt den Taktstock, und ich zünde die Lampe und lasse den Film starten.

Als eine halbe Stunde vorbei ist, rolle ich den Sicherheitssack auf dem Boden meiner Kabine aus, krieche hinein, greife nach dem Zünder und stelle mir vor, jetzt das Gebäude in die Luft zu jagen. Drei, zwei, eins, Kopf einziehen, Bumm. Es wird gehen. Hoffentlich ist dieser Sack wirklich ein Schutz. Als die Probe beendet ist, baue ich die Videoanlage wieder ab und verstaue sie im LKW. Genauso verfährt das Orchester mit den größeren Instrumenten. Die Geiger nehmen ihre Instrumente mit. Wahrscheinlich sind sie immer damit unterwegs. Die Musiker verschwinden, Freyer verabschiedet sich mit einem freundlichen: „Bis Morgen" und klopft mir kameradschaftlich auf die Schulter. Morgen um diese Zeit wird er voraussichtlich tot sein und ich reich.

Später im Hotel bereite ich mein Fluchtset vor. Ich habe den halben Tag Zeit, es am ausgewählten Platz zu verstauen. Dann liege ich auf dem Rücken, ein geöffnetes Bier neben mir, eine Zigarette verglimmt im Aschenbecher. Ich starre die Decke an. Atme tief ein und bewusst langsam aus. Auf das Signal warten, rein in den Sack, zünden, Kopf einziehen, fertig. Es wird so einfach sein, wenn ich nicht weiter darüber nachdenke.

19

Die Anspannung steigt. Erste Zuschauer finden sich ein. Langsam wird es voller. Schließlich ist das Konzert ausverkauft. Es sind mehr als zwölfhundert Menschen auf dem Platz. Und ich weiß noch immer nicht, wer von ihnen gemeint ist. Keiner, der mit großem Brimborium erschienen wäre. Keiner, der von Bodyguards begleitet wurde. Ich habe nur eine Pistole in der Kabine. Für Notfälle.
Der Himmel ist dunkel. Die Beleuchtung des Platzes wird jetzt langsam gedimmt, schwindet, erstirbt. Erwartungsvolle Stille breitet sich aus. Dann kommt Freyer zu höflichem Applaus, begrüßt den ersten Geiger, verbeugt sich. Erneuter Applaus und ein weiterer Moment der Stille. Ich stehe neben dem Projektor, warte auf mein Zeichen.
Endlich geht der Taktstock hoch, der Film los, beginnt die Musik. Ich atme aus, werfe einen prüfenden Blick auf die Mechanik, auf meinen Sicherheitssack, der am Boden ausgerollt ist. Bisher ist nichts passiert. Mein Handy, auf Vibrationsalarm gestellt, steckt in der Brusttasche meines Hemdes. Ich verlasse die winzige Vorführkabine, werfe einen prüfenden Blick auf die danebenstehende Videokamera. Auch hier ist alles in Ordnung. Endlich zünde ich mir eine Zigarette an und lasse meine Vorbereitungen im Geiste Revue passieren. Da die Sicherheitschecks problemlos gelaufen sind, kann zunächst nicht viel passieren. Wenn der Sprengsatz gezündet ist, wird soviel Panik und Verwirrung herrschen, dass ich verschwinden kann. Mein Fluchtset habe ich verstaut. Es gibt mehrere Wege, dorthin zu gelangen, wo es sich befindet.
Nach der zweiten Zigarette bin ich ruhig genug, in die Kabine zurückzugehen. Als ich mich von der Leinwand abwende, werfe ich automatisch einen Blick auf die umliegenden Gebäude, ihre Dächer. Es sind Men-

schen darauf. Nicht viele, keine Zuschauer, sondern vereinzelte Gestalten, regungslos gegen den hellgrauen Nachthimmel. Sicherheitskräfte. Möglicherweise Scharfschützen. Ich verschwinde in der Kabine. Es hat für den Plan, seine Durchführung, meine Flucht keine Bedeutung.
Es dauert eine ganze Weile, bis ich mich auf den Film konzentrieren kann. Zuschauen verkürzt die Wartezeit. Das Orchester ist perfekt im Timing. Ich habe diesen Film schon dreimal mit Freyer gemacht, aber noch nie war er so gut. Die Schläge sitzen. Das Publikum geht mit jeder Szene mit, lacht, applaudiert manchmal vor Vergnügen. Der Film läuft ruhig durch die Mechanik. Ein halblautes Rattern. Ich kann das Orchester gut hören, das sich jetzt einem weiteren Höhepunkt nähert. Ein Wirbel auf den Kesselpauken, Beckenschläge. Dann ein kurzer Moment der Stille, des Durchatmens, bevor die Streicher qualvoll süß einsetzen. Der Held schmachtet seine große Liebe an und wieder geht für ihn alles schief. Weitere Becken, kurze Quäker von den Trompeten. Das Gelächter steigert sich mit der Absurdität der Situation auf der Leinwand. Ein Double-Cross. In dem Moment, wenn der Held durch eine knifflige Situation gerade eben so durchgekommen ist, wenn man meint, dass alles noch einmal gut gegangen ist, kommt der Genickschlag. Das Orchester meistert auch diese letzte Steigerung fabelhaft. Das Publikum bricht in tosenden Szenenapplaus aus. Mein Handy vibriert. Ich spüre es an meiner Brust. Ich ziehe mich in die hinterste Ecke meiner Vorführkabine zurück. Als ob irgendjemand in meine Richtung schauen würde, mich gegen den Lichtstrahl des Projektors wahrnehmen könnte.
„Ja."
„Wir sind bald soweit. Das Objekt nähert sich."
Gelächter dringt in mein Kabuff. Ich werfe einen Blick auf die Leinwand, aber die Szene ist schon vorbei. Es

geht nicht um einen von denen, die da draußen in der Dunkelheit sitzen. Es wird jemand sein, der gleich das Gebäude betritt, an dessen Rückwand die Leinwand hängt.

„Ist alles bereit?"

„Alles bereit!"

„Bleiben Sie auf Empfang!"

Dann ist die Verbindung weg. Ich verstaue das Handy wieder in der Tasche. Vielleicht hätte ich auch so eine Hose tragen sollen, wie Kathie sie normalerweise anhat. Mit großen Taschen an den Hosenbeinen. Ich betaste meinen Sicherheitssack, schlage eine Ecke zurück wie bei Bettzeug und greife in die andere Brusttasche des Hemdes, wo ich den Auslöser habe. Geigen schmachten. Der Held geht allein durch nächtliche Straßen. Das Publikum hat Zeit zu entspannen. Noch etwa fünf Minuten. Der Film läuft ruhig. Bloß jetzt keinen Filmriss! Gibt es noch etwas, das ich tun kann? Ich knie nieder, streiche den Sicherheitssack noch einmal glatt und bereite mich darauf vor, hineinzuschlüpfen. Vielleicht sollte ich irgendetwas vor die Wand stellen, die der Explosion ausgesetzt sein wird? Es ist sinnlos. Wenn der Sack mich nicht schützt, wird mich gar nichts schützen. Ein letzter, kontrollierender Blick auf den Film, dieses endlose Band, das durch den Projektor rattert. Aus der dunklen Glasscheibe hinaus in die Nacht, in der mehr als tausend Leute sitzen und jetzt gebannt darauf warten, wie der Held die nächste missliche Situation meistert. Auf das Orchester, erhellt von den kleinen Sternen der Notenpultleuchten. Die Leinwand mit dem Gesicht des Helden. Schwarzweiße Bilder. Rundherum ist vage die Backsteinmauer zu erkennen. Der Rahmen, das Leinwandgestell, liegt im Dunkeln. Die Zeit müsste jetzt um sein. Gerade als ich diesen Gedanken habe, vibriert das Handy wieder. Ich kauere auf dem Sicher-

heitssack, fummle das Handy aus der Brusttasche, halte den Zünder umklammert.
„Ja."
„Wir sind jetzt Stand-by", sagt die Stimme an meinem Ohr. Ich wiederhole die Worte.
„Warten Sie auf den Zündbefehl!"
„Ich warte auf den Zündbefehl."
Die Verbindung ist weg.
Der Film nähert sich dem Finale. Ich kann die Lacher hören, die Streicher und Bässe, Trompeten und Posaunen, Pauken und Becken. Ein irrwitziges Crescendo. Gleich wird das Handy klingeln, gleich wird mir der Zündbefehl erteilt. Waren meine Vorbereitungen gut genug? Ausatmen. Es gibt nichts, das ich jetzt noch ändern könnte. Ich nehme das Gesicht in beide Hände, bedecke meine Augen, schüttle den Kopf. Meine Hände sind von Schweiß nass, als ich sie von meinem Gesicht wegnehme. Ich muss sie an der Hose trockenreiben, bevor ich in der Lage bin, die Lichtklappe zu schließen. Applaus brandet auf. Die letzten Meter Film laufen ratternd durch den Projektor.
Ich kann jetzt nicht zünden, nicht ohne vielleicht aufzufallen. Gerade als ich das denke, vibriert das Handy wieder. Ich lasse mich auf den Sack fallen, den Zünder umklammert und nehme das Gespräch an.
„Das Objekt kommt nicht. Die Aktion ist beendet. Wiederholen Sie!"
„Die Aktion ist beendet", sage ich pflichtgemäß.
„Sie werden die Veranstaltung normal zu Ende bringen. Rückgabe erfolgt nach noch folgender Anweisung."
„Ich habe verstanden."
Das Gespräch ist vorbei. Ich lege das Handy auf den Boden. Starre auf den Zünder in meiner Hand und lege auch den Zünder auf den Boden. Besinne mich eines Besseren, deaktiviere ihn und verstaue ihn im Werkzeugkoffer. Ich muss daran denken, wie Kathie

mir Trost gespendet hat. Glaubte, mir Trost spenden zu müssen, als ich ihr die Geschichte von der Katze erzählte. Würde sie mich jetzt in den Armen halten? Ich war so kurz davor. So kurz davor, meinen Auftrag zu erledigen. Die Früchte zu ernten. Mit einem Auge behalte ich die Bühne im Blick. Scheinwerfer sind darauf gerichtet und beleuchten Freyer, der sich verbeugt. Er bedankt sich beim ersten Geiger, schüttelt ihm die Hand. Dann macht er eine ausladende Geste in meine Richtung. Er ist der einzige Dirigent, der das tut, der auf den zuständigen Filmvorführer hinweist, wissend, dass dort ein anderer Profi sein Werk getan hat. Ich nicke ihm zu, obwohl er mich nicht sehen kann, mich auch niemand aus dem Publikum sehen kann, obwohl sich manche Hälse in die Richtung recken, die seine ausgestreckte Hand vorgibt. Weitere Scheinwerfer flammen auf. Die ersten Zuschauer verlassen schon den Hof. Die Musiker packen ihre Instrumente zusammen. Gespräche auf der Bühne, im Publikum. Ich rolle den Sicherheitssack zusammen, beginne dann, den Projektor für die Demontage vorzubereiten. Als ich noch einmal einen Blick auf die Bühne werfe, kann ich die Markierungen erkennen, die die Position der mit Sprengstoff gefüllten Trilite-Elemente angeben. Für einen kurzen Moment, wie bei einem Fieberschub, zittere ich am ganzen Leib.

20

Das fiebrige Gefühl lässt nach, als wir beim Abbau sind. Dafür fange ich an, wütend zu werden. Ich war kurz davor. Endlich so kurz davor. Es fehlten mir nur ein paar Sekunden. Ich muss mich zusammenreißen, um nicht einen Streit mit den Riggern vom Zaun zu brechen, die die Leinwand wieder abhängen und ohne zu fragen, mit der Demontage des Trilites anfangen. Es ist egal, was sie tun. Sie können keinen Schaden mehr anrichten. Ich gerate richtig in Wut, als ich erfahre, dass ich den LKW nicht im Hof lassen kann. Das Orchester ist schon weg. Wieso soll ich den Hof räumen? Wo soll ich mitten in der Nacht mit einem LKW hin, der mit teurem Material beladen ist? Ich schnauze den Hausmeister kurz an, der vor mir zurückzuckt, aber standhaft bleibt. Es gibt größere Schrecken für ihn als einen wütenden Techniker. Vorschriften, Vorgesetzte. Mitternacht ist vorbei, als ich vom Hof rolle und versuche, irgendwo in der Nähe meines Hotels einen Parkplatz zu finden.

Als ich nach der Dusche, Bier trinkend auf dem Bett liege und rauche, sehe ich im Fernsehen, wer es war, der heute Abend fast von mir getötet worden wäre. Eine kurzfristige Änderung der Pläne hat dazu geführt, dass der Besuch abgesagt worden ist. Ich sehe eine Archivaufnahme des Mannes, der in eine Kamera lächelt und winkt, deute mit dem ausgestreckten Zeigefinger auf ihn und mache „Peng". Aber er ist nicht tot, wie er es eigentlich sein sollte, auch nicht das Orchester, Freyer und der größte Teil des Publikums. Hätte der Explosionsdruck diese Sicherheitsleute oder Scharfschützen von ihren Dächern gefegt?
Ich schlafe spät ein, träume wirr. Einmal erscheint mir Kathie, die mir erzählt: „Der Zeitzünder hat ein Thermometer. Erst wenn die Temperatur unter zehn Grad

minus fällt, schaltet er sich an. Drei Stunden später macht es Peng!" Dann grinst sie. „Ich musste Derek loswerden, sonst wäre ich nicht mir dir zusammengekommen, oder?"

Ich schrecke hoch, fühle mich wieder fiebrig. Gehe ins Bad, ein Glas Wasser trinken. Für einen Moment verspüre ich das Verlangen danach, getröstet zu werden. Verspüre das Verlangen, zu schlagen, zu toben, jemanden zu verletzen. Wie bei der Geschichte mit der Katze, die ich nicht von ihrem Leid erlöse, sondern packe und gegen eine Wand schleudere. Kathie liegt in meinen Armen, ihre Finger streicheln mein Haar, und ich würge sie. Ihre Tränen fließen langsam und leise, und sie murmelt sinnloses Zeug. Ich schlage sie nieder, trete sie. Als sie liegt, nehme ich eine Waffe und schieße auf alles, was sich bewegt. Freyer, die Musiker, das Publikum, die Rigger. Die Deppen von Scharfschützen stürzen getroffen von den Dächern. Und Kathie mumelt noch immer Worte des Trostes, weinend, mein Haar streichelnd. Ich schüttele mich und nehme vorsichtshalber ein Aspirin aus meinem Necessaire, bevor ich mich wieder ins Bett lege.

Wie angekündigt bekomme ich noch vor der Abfahrt einen Anruf, in dem man mir mitteilt, an welcher Raststätte ich den Sprengstoff zurückgeben soll. Dann liegen drei Stunden Fahrt vor mir. Es ist bedeckt und regnerisch. Der Asphalt glänzt vor Feuchtigkeit. Ewige Folgen von roten Rücklichtern verschwinden vor mir in der Ferne. Der Kontaktmann wartet schon. Ich lasse die Ladebühne runter, ziehe die Trilite-Elemente raus und lasse ihn den Rest machen. Er verpackt sein Material ohne ein Wort, nickt mir kurz zu und verschwindet. Ich trinke noch einen Kaffee, bevor ich weiterfahre. Während ich an einem mit Resopal beschichteten Tisch sitze, Kaffee trinke und rauche, frage ich mich, ob ich diesen Job wirklich weiter machen will. Weiter Ziele auskundschaften, immer in Bereitschaft sein, immer darauf warten und hoffen, dass endlich der Befehl kommt, zu töten. Es ist eine müßige Frage. Es gibt keine Ausstiegsklausel in meinem Vertrag.

21

Als ich in die Firma komme, ist es Nacht. Ich lasse den LKW im Hof im Regen stehen, steige ins Auto und fahre nach Hause. Mein Zuhause. Mein Bett. Meine Einsamkeit. Das Licht des Anrufbeantworters blinkt, aber es ist nur das Besetztzeichen auf Band. Kathie. Es muss Kathie sein, die angerufen hat, nichts zu sagen hatte, nur reden wollte. Schon der Gedanke daran macht mich wütend. Ich ziehe mich aus, trinke Bier und rauche im Bett. Seit Kathie rauche ich mehr. Schlechte Angewohnheit. Ich schiebe ein Magazin in die Pistole, löse den Verschluss und lasse es in meine Hand fallen. Immer und immer wieder. Schnapp, klack, klatsch. Ich war so verdammt knapp davor. Die blöde Sau stand schon vor der Tür. Ich sehe die Bilder des Fernsehens, den Politiker, in die Kamera grinsend, die trockene Stimme, die mitteilt, aus Sicherheitsgründen wäre ... bla bla bla. Jemand hat gepfuscht. Ich weiß es. Ich riskiere mein Leben und jemand pfuscht. Schnapp, klack, klatsch. Ich muss die Wut zügeln. Sie wegpacken, verstauen, bis der Moment gekommen ist, sie rauszulassen. Es ist eine enorme Anstrengung. Die letzte Zigarette verglimmt im Ascher. Das Bier ist leer. Ich lösche das Licht. Selbst im Dunkeln kann ich die Waffe laden, entsichern, sichern, entladen. Schnapp, klack, klatsch. Als ich aufwache liegt die Pistole noch immer neben mir.

In der Firma ist Kathie schmallippig und kurz angebunden. Sie fordert mich auf, mit ihr Mittag zu machen, als es soweit ist. Kein Wort auf der kurzen Fahrt. Erst in dem Bistro ein kurzes: „Also?", und mit meiner: „Also was?" - Entgegnung gehen die Vorwürfe los. Sie weiß es. Schneider hat etwas fallen lassen, hat geplappert. Die Bedienung kommt. Gezwungenes Grinsen, Bestellung, dann geht es weiter. Kathie hat

nachgefragt. Der Alte will verkaufen, an mich. Die Bedienung taucht mit den Getränken auf, wieder ein gezwungenes Lächeln. Kathies gepresste Stimme fordert Erklärungen, unterbrochen von kurzen Momenten der Nahrungsaufnahme. Wir sind schließlich im Stress. Die Konzerthalle! Bloß nicht die Pause überziehen!
„Du hättest es mir sagen müssen!" Vorwurfsvoller Blick, Kiefer mahlend. Ihr gestresster Gesichtsausdruck macht sie älter als sie ist und hässlich. Ihr hektisches Herunterschlucken des Essens widert mich an. Ich bekomme Lust, sie zu schlagen. Einen Moment lang ist es reizvoll, darüber nachzudenken, was dann passieren würde, mir die Angst in ihrem Gesicht vorzustellen. Aber nein. Nicht zuschlagen jetzt. Die Situation war da und ging ohne Ergebnis vorbei. Der Druck, den ich aufgebaut habe, hat kein Ventil gefunden, sich zu entladen. Aber ich werde meine aufgestaute Wut nicht an Kathie ablassen. Woanders. Nicht an ihr. Kathie, so schwer es mir jetzt fällt, muss beschwichtigt werden.
„Es war immer soviel zu tun", entgegne ich ihr lahm. „Außerdem ist nichts spruchreif. Der Alte will sich zurückziehen, aber nicht von jetzt auf gleich." Ich esse nichts, brauche jetzt nichts, kann nicht essen.
„Was soll das heißen, nichts spruchreif. Jeder in der Firma weiß es. Jeder außer mir. Was glaubst du, wie blöde ich mir vorkam, als Nils davon anfing, dass wir dich bald Chef nennen müssen."

Ich werde das hier durchstehen. Werde nicht ausrasten, nicht jetzt. Es gibt noch eine Chance vor dem Winter. Die Konzerthalle. Unsere letzte große Veranstaltung dieses Jahr. Es muss dort sein. Es wird dort sein. Im Geiste wiederhole ich diese Worte wie eine Beschwörung. Aber Kathie ist sauer. Sie ist jetzt sauer, sie ist hier. Sie erwartet eine Erklärung. Ihr Ver-

trauen in mich ist erschüttert, sie weiß nicht, woran sie bei mir ist.
Ich spüre mein Handy vibrieren. Hebe die Hand, schneide Kathies Wortschwall ab und werfe einen Blick auf das Display. Die Nachricht besteht aus zwei Worten: „Konzerthalle, sicher". Kathies Augen sind fragend geworden. Ein bisschen Panik ist in ihrem Blick.
„Ist was mit ...", kaut sie hervor, den letzten Bissen krampfhaft schluckend. Ich schüttele den Kopf. Ich will dieser Nachricht trauen können. Will, dass sie wahr ist. Kathies kurz aufgeflammte Sorge um die Firma ist so schnell verschwunden, wie sie aufgekommen ist, dafür steht der Vorwurf wieder in ihren Augen.

„Hör zu, ich wollte nur ...", fange ich an und höre wieder auf. Ich weiß nicht, was ich sagen soll, was ich angeblich wollte. Ich bin unter extremem Druck, in wenigen Tagen wird der Auftrag erfüllt werden, für den ich Jahre lang gearbeitet habe, wird dieser Job ein Ende haben. Ich muss bis dahin den Kinotechniker mimen. Ich hasse es. Hasse diesen Technikerjob, die Häuser, die Bühnen, die Veranstaltungen, die Kollegen. Ich hasse Kathie, die das alles so ernst nimmt, die sich kein anderes Leben vorstellen kann, ihre ganze Zukunft auf diese Scheiße gründen will, Veranstaltungen, aufbauen, abbauen, fahren, ohne Ende fahren, die immer gleichen Witze, über die keiner mehr lachen kann. Ich hasse das alles. Ich kann nichts davon sagen, kann nur schweigen, der vorwurfsvolle Blick, die ganze vorwurfsvolle Mine vor mir, sogar Kathies Körperhaltung drückt die Anschuldigung aus, sie außen vor gelassen zu haben, sie nicht eingeweiht, nicht informiert, ausgegrenzt zu haben. Schweigen.

Ich muss das alles runterschlucken, es außer Acht lassen. Tief ausatmen. Die erste Regel. Immer an die erste Regel denken: Nie auffallen. Am allerwenigsten jetzt. Also versuche ich Kathie weiter zu beschwichtigen, gestehe, einen Fehler gemacht zu haben, bereue. Schließlich gebe ich ihr natürlich die Zusage, die sie hören will, dass sie Partnerin wird, dass sie miteinsteigen kann.
Als wir am Abend in der Wohnung sind, in ihrer Wohnung, haben wir Sex. Es fühlt sich an wie eine Belohnung für die richtige Reaktion.

Am nächsten Abend rufe ich meine Kontaktnummer an.
„Ich brauche etwas Material", teile ich der Stimme am anderen Ende mit. „Es ist umfangreich. Ich brauche eine Mailadresse oder eine Faxnummer." Er gibt mir eine Faxnummer. Eine halbe Stunde später schicke ich meine Liste los.

Kathie ist jetzt öfter auch in meiner Wohnung. Wir gehen in der Planung jetzt aufs Ganze. Warum nicht zusammenwohnen? Meine Wohnung ist größer als ihre. Nach der Veranstaltung in der Konzerthalle will sie endgültig bei mir einziehen. Ein wenig Kleidung hat sie schon hier. Im Bad stehen ihre Sachen, Lotions, Cremes, das bisschen Schminke, das sie benutzt. Sie überlegt, welche von ihren Möbeln wohin passen, wo ihre Pflanzen stehen können. Sie erwartet von mir den gleichen Enthusiasmus, weshalb ich mir Vorschläge abringe, die sie dann ernsthaft erwägt. Sie bringt Pflanzen mit, wenn sie kommt, dann erste Kisten mit Büchern oder CD's. Ich will wissen, ob sie neugierig ist. Präpariere die Schranktüren hinter denen private Dinge sind mit Haaren. Sie fasst nichts an, das sie nichts angeht. Fasst sie wirklich nichts an, oder ist sie nur zu gewieft? Ich kämpfe auch diesen

Gedanken nieder. Sie könnte wahrscheinlich sogar das Paket mit meinem Material für die Konzerthalle entgegennehmen. Soweit kann ich zufrieden sein. Muss ich zufrieden sein. Bin es aber natürlich nicht. Ich bin involviert, werde vereinnahmt. Ein Einzelgänger, der plötzlich gezwungen ist, sich zu kümmern, für zwei zu denken. Es kann nicht gut gehen.

Ein paar Tage später haben wir eine gemeinsame Veranstaltung in einer mittelgroßen Stadt. Kathie reagiert genauso uninteressiert wie ich, als einer der lokalen Helfer uns begeistert erzählt, dass er dabei ist, eine Filmbibliothek aufzubauen. „Aber nur mit Filmen, die im werbefreien Fernsehen laufen". Wir hören das so oft von Leuten, die irgendetwas mit Kino zu tun haben. Sie alle scheinen zu glauben, uns müsste man mit diesem Hinweis beeindrucken. Wie albern. Wie albern, dass ich damit anfange, mir um so etwas Gedanken zu machen. Aber es macht Spaß, mit Kathie über diese Leute zu lästern. Es lockert das gemeinsame Essen auf, bringt das Gespräch weg von den Plänen, die sie für die Firma hat, den Sorgen wegen des Geldes, den großen Hoffnungen. Sie erwartet Zustimmung, Rat, Begeisterung, Widerspruch. Ich kann ihr das alles nicht geben. Ich muss ihr das alles aber geben. Sie erwartet es von mir. Alles andere würde auffallen, wäre gegen die Grundregel.
Wir arbeiten zusammen, wir essen zusammen, wir teilen ein Hotelzimmer ohne Sex zu haben, weil wir beide zu müde sind, wenn wir endlich schlafen gehen. Es ist ein Vorgeschmack auf die Ewigkeit.

Glücklicherweise ist es die letzte Veranstaltung dieser Art. Als wir zurück sind, ist mein Paket eingetroffen. Ich hole es von der Post. Eine volle Stunde wertvoller Zeit vergeudet mit Schlangestehen. Wenigstens ist meine Bestellung akkurat ausgeführt worden. Ich ig-

noriere Kathies Anruf, der auf Band ist, als ich nach Hause komme und sichte und sortiere mein Material. Es wird sich keine Gelegenheit ergeben, einen kompletten Durchlauf meines Beitrages zur Veranstaltung zu probieren. Ich werde alles vorher berechnen müssen. Genau genug, um diesen Berechnungen mein Leben anzuvertrauen.
Es sind noch zwei Tage, dann beginnen die Proben für die feierliche Eröffnung der Konzerthalle. Dort wird es sein. Es muss dort sein!

22

Ich stehe im großen Saal, der jetzt ganz anders wirkt, als ich ihn kenne. Gedämpfte Farben, viel edles Holz, glänzendes Messing. In einem kleinen Aktenkoffer habe ich das Spezialmaterial dabei. Um mich herum sind andere Techniker dabei, letzte Hand für die erste Probe anzulegen. Das Orchester ist bereits aufgebaut. Einzelne Musiker proben unverdrossen, obwohl es im Saal recht hektisch zugeht. Kathie verkabelt Pultleuchten, testet jede einzeln, zieht die Stromleitungen nach, verklebt sie ordentlich auf dem Boden. Das Rednerpult steht vom Publikum aus gesehen links auf der Bühne. Die Redner können sowohl über ein kleines Treppchen aus dem Auditorium zur Bühne hochsteigen oder von der Seitenbühne kommen. Wo werden die Sicherheitskräfte sein? Verteilt in den ersten Reihen, auf der Seitenbühne, hinter der Bühne, dann in den Gängen, rund um den Saal. Ich habe die Listen gesehen, wer alles erwartet wird. Zwei Staatschefs, diverse sonstige Politiker, mehrere Wirtschaftsbosse, lokale Größen. Jeder von ihnen gibt ein Ziel ab. Ich werde es früh genug erfahren. Nach meinem Plan kann ich entweder vom obersten Rang aus schießen oder aus der Tonregie, die hinter dem Parkett liegt. Ich stehe im Saal und versuche mir das Publikum vorzustellen, meine Position während der Veranstaltung und die Position des Opfers. Die Tonregie wäre mir lieber. Die Schussdistanz ist kürzer, ich bin im Dunklen und habe bessere Fluchtmöglichkeiten. Der oberste Rang ist die Notlösung, falls ich gezwungen wäre, im Projektionsraum zu sein, wenn die Veranstaltung losgeht. Der Fluchtweg wäre entschieden länger und damit ein erhebliches Risiko.
Der Aufbau für die Proben läuft wie immer. Ich habe doppelt so viel Zeit wie sonst. In städtischen Einrichtungen hat man immer mehr Zeit als nötig, weil die

Haustechniker ziemlich schnell den Dreh raushaben, ihre schlecht bezahlte Kompetenz für langwierige Pausen zu nutzen. Ich warte. Warte, bis die Bühne leer ist, alle zu Tisch sind, der ganze Saal entvölkert ist. Langsam gehe ich durch den Mittelgang des Parketts nach vorne. Über eine kleine Treppe gelange ich zur Seitenbühne mit den Steuerungen für die Bühnenelemente. Ein kurzer Blick in den dahinterliegenden Raum, in dem das Orchester auf seinen Auftritt warten wird. Er ist leer, von einigen Flightcases und Instrumenten abgesehen. Zurück zur Bühne, um mir ein Bild der Lage aus Sicht des Opfers und seiner Bewacher zu machen. Die Sicherheitsleute werden in Reihe eins sein, im Bereich der Seitenbühne und natürlich hinter der Bühne. Dazu kommen diejenigen, die im Foyer die Zugänge zum Saal bewachen. Ein paar weitere werden im Haus verteilt sein. Es bleibt bei dem Plan, den ich schon zu entwickeln begonnen habe, als ich das Haus, diesen Saal zum ersten Mal betreten habe. Das Opfer wird am Rednerpult stehen, im hellen Licht der Scheinwerfer. Alternativ sitzt es in der ersten Reihe. Schwerer als Ziel zu erkennen, aber eine ebenfalls lösbare Aufgabe. Ich habe mir meine Videodossiers alle noch einmal angesehen, bevor wir hier hergekommen sind. Ich bin sicher, jedes potentielle Opfer von vorne, der Seite oder hinten zu erkennen. Politiker und Wirtschaftsbosse ändern ihr Erscheinungsbild nicht schnell und drastisch. Und, wenn sie wichtig sind, wollen sie alle reden. Also das Pult. Niemand darf wissen, woher der Schuss kam, wenn es soweit ist. Also muss eine Ablenkung aus einer ähnlichen Richtung erfolgen, in Sekundenbruchteilen, bevor oder nachdem der wirkliche Schuss erfolgt. Ich betrachte den vor mir liegenden Saal. Am Ende des Parketts das Fenster, hinter dem der Regieraum liegt. Hier wird Grassner, der Haustechniker, sein. Weit oben, oberhalb des letzten Ranges sind unsere Pro-

jektionsräume. Ich muss mich jetzt entscheiden, von wo aus ich operieren will. Sonst müsste ich Ablenkungen für beide Schusspositionen festlegen. Es würde alles nur verkomplizieren. Ich entscheide mich für den Regieraum. Es wird sich eine Gelegenheit bieten, ein Grund finden, dort zu sein, wenn es soweit ist.
Phase zwei. Der Schuss ist gefallen, das Opfer zu Boden gegangen. Die Bodyguards von der Seitenbühne, vielleicht auch einige von denen, die in der ersten Reihe sitzen, werfen sich über das Opfer, versuchen es zu schützen, in Sicherheit zu bringen. Gleichzeitig werden andere versuchen, zu ermitteln, von wo der Schuss herkam, wo der Attentäter ist, werden versuchen, mich zu kriegen. Wie lange wird es dauern, bis das Saallicht hochgefahren ist? Wie werden die Sicherheitsleute in den Foyers reagieren? Was können sie tun, wenn Panik im Saal ausbricht, alle zu fliehen versuchen? Was mich auf den Gedanken bringt, dass ich einen guten Anzug tragen muss, wenn es soweit ist, keine Technikerklamotten. Ich darf im Strom der Menschen nicht auffallen!
Ich verlasse die Bühne. Mein Plan steht fest. Der erste Schuss muss scheinbar vom ersten Rang kommen, die Aufmerksamkeit ablenken. Dann weitere simulierte Schüsse, immer weiter von mir weg, schließlich muss ich dem Publikum suggerieren, es werde ebenfalls beschossen. Oder die Sicherheitskräfte dazu bringen, genau das zu tun.
Als ich im ersten Rang ankomme und gerade dabei bin, Schuss eins zu präparieren, betritt jemand den Saal. Ich erstarre, aber nur kurz. Schritte und das Geräusch von Gummirädern auf dem Holzboden. Dann schieben sich Pflanzen in mein Blickfeld. Natürlich. Die übliche Dekoration für die Ränder der Bühne. Wahrscheinlich sind die Blumenkübel schon auf Sprengstoff hin untersucht worden. Wahrscheinlich hätten die Lieferanten morgen nicht mehr ins Haus

gedurft. Ich schließe meine Arbeit ab. Schuss Nummer eins, ein brauner Klebstreifen auf brauner Holztäfelung, schon aus einem halben Meter Entfernung nicht mehr zu erkennen.

Die Pflanzen werden aufgestellt, kurz darauf bin ich im Saal wieder allein und bringe die anderen Klebfolien an, die ich vorbereitet habe. Lauter kleine Sprengsätze, die keinen großen Schaden anrichten können. Aber sie machen Lärm und werden ausreichend Verwirrung stiften. Gezündet werden sie per Funk. Die ersten zwei, vielleicht drei Pseudoschüsse löse ich manuell aus. Der Rest wird von einem Laptop aus gesteuert, das ich noch entsprechend programmieren muss.

Es ist immer noch leer im Saal. Immer noch Mittagszeit. Zeit für mich, eine Probe zu machen. Ich lege ein Flightcase auf die Seite. Dann zünde ich eine Klebfolie. Der Schuss hallt im Raum wider. Es wird gedämpft klingen, wenn der Saal voller Menschen ist. Es wird genau richtig klingen. Es dauert zwei Minuten, dann ist der Bühnenmeister da.

„Bin gestolpert." Ich deute auf das Flightcase. Er schüttelt den Kopf und geht wieder, nachdem er sich mit einem kurzen Blick vergewissert hat, dass alles okay ist.

23

Wir beginnen am nächsten Morgen mit den technischen Durchlaufproben. Das Orchester ist in einem anderen Saal, probt seinen Part. Wir sind hier und versuchen die verschiedenen Systeme aufeinander abzustimmen, die verschiedenen Eitelkeiten unter Kontrolle zu kriegen, die Animositäten, die Konkurrenz. Es zieht sich den ganzen Tag, bis die Regie endlich mit einem Durchlauf zufrieden ist, der daraufhin sofort wiederholt werden soll und natürlich nicht klappt. Eine Lichtstimmung kommt nicht zum vereinbarten Zeitpunkt. Computer müssen überprüft werden, Systeme gecheckt, Scheinwerfer getestet. Dann ein weiterer Durchlauf. Diesmal hängt eine von unseren Videoprojektionen. Ich weiß nicht einmal mehr, wie spät es ist. Es ist wie so oft in solchen Veranstaltungshäusern. Die Zeit scheint still zu stehen. Es ist immer fünf Uhr nachmittags an einem Wintertag. Kein Licht dringt von außen ein, um einen über die Tageszeit zu informieren. Niemand betritt oder verlässt den Saal, bis auf die, die sich per Intercom abmelden, weil sie auf Toilette müssen. Das bedeutet dann eine weitere Pause, weitere Verzögerung, bis zum nächsten Durchlauf, der hoffentlich der letzte sein wird. Immer ist es hoffentlich der letzte Durchlauf. Immer kommt noch ein letzter Test.

Am nächsten Tag beginnen unsere Proben erst nach Abschluss des Orchesteraufbaus am Nachmittag. Ich lasse Kathie zur Konzerthalle vorangehen, behaupte, noch Kleinigkeiten besorgen zu müssen. Es ist nicht weit vom Hotel zum nächsten Herrenausstatter. Der erste Laden ist eine Enttäuschung. Man nimmt Maße und erwähnt dabei Lieferzeiten von mehreren Wochen. „Nicht schneller?" Ein bedauernder Augenaufschlag ist die Antwort. Sie wussten schon, dass ich

kein Kunde bin, als ich hereinkam. Also gehe ich doch in ein Kaufhaus. Der Verkäufer schätzt meine Maße, erscheint mit dem geforderten schwarzen Anzug und schickt mich in eine Kabine. Es ist ungewohnt, einen solchen Stoff auf der Haut zu spüren, ungewohnt, sich darin zu bewegen. „Sitzt, passt, wackelt und hat Luft", bemerke ich zum Verkäufer, als ich mich im Spiegel betrachte. Er zieht hier und da am Stoff, keine Ahnung, warum. Er lächelt nicht. Der Spruch taugt als ewiger Scherz für Techniker, offenbar nicht für Kaufhauspersonal. Diese doofe Technikersprache ist mir in Fleisch und Blut übergegangen. Der Verkäufer prüft den Sitz unter den Achseln und an der Taille, nicht im Schritt, wie ich das noch aus meiner Kindheit kenne. Der Anzug passt. Er wird auf jeden Fall ausreichen für die Gelegenheit. Ich brauche noch ein weißes Hemd, man empfiehlt mir gleich zwei. Ich willige ein, es kommt nicht darauf an. Dann eine Krawatte. Die Auswahl ist überwältigend. Ich bitte den Verkäufer, mir eine auszusuchen, die dezent und modern ist. Er lächelt bedauernd und greift nach der zweitteuersten. Ich lasse sie mir von ihm binden und als Schlinge verpacken. Ich bestehe darauf. Krawatten binden ist nicht in meinem Repertoire, und ich kann keine Zeit darauf verschwenden, es jetzt noch zu lernen. Es noch zu lernen, wenn ich den Anzug das nächste Mal trage. Wenn es endlich soweit ist. Fehlen noch Schuhe.
Ich passiere die Pforte der Konzerthalle ohne Probleme mit meiner Stofftasche, die ich für den Anzug gekauft habe. Keine Kontrollen. Nicht für Techniker. Dafür gibt es eine simulierte Sicherheitskontrolle für ein simuliertes Publikum, bevor wir die Proben mit Orchester beginnen. Alle Gäste morgen werden persönliche Einladungen haben. Es sind ausschließlich Leute aus den besten Kreisen. Man muss sie natürlich kontrollieren, aber vorsichtig. Schließlich darf man

Angehörige der High Society nicht dadurch verärgern, dass man sie wie Verbrecher behandelt. Die Räumlichkeiten sind ein letztes Mal von Sicherheitsteams kontrolliert worden. Im Bühnenbereich wurden sogar Sprengstoffhunde eingesetzt. Mein Material ist noch oben im Vorführraum in einem der Flightcases verborgen. Kathie, Nils und der Alte sind nirgends in unserem technischen Bereich zu sehen, also nutze ich die Gelegenheit und packe das demontierte Gewehr und die Pistole zur Kleidung dazu. Ich verstaue die Tasche auf dem Klo, das sich im Flur, der zu den Technikräumen führt, befindet. Dann kommt Kathie. Sie ist leicht nervös. Veranstaltungen dieser Größe hat sie noch nie gemacht. Es wird sich geben. Sie ist Profi genug, um ihre Arbeit richtig zu machen. Nils kommt ebenfalls. Er sitzt einen Raum weiter und steuert von dort aus die Videoprojektion. Der Alte war mit den anderen zum Mittag verschwunden und ist nicht wieder aufgetaucht. Wahrscheinlich sitzt er in einem Café und wartet. Worauf auch immer.

Das Saallicht wird gedimmt und das Orchester tritt auf. Noch nicht in den dunklen Anzügen und Kostümen. In der Mitte des Parketts brennt eine einsame Leuchte. Hier sitzt der Regisseur für den Abendablauf wie ein Zeremonienmeister. Nach den Plänen, die wir bekommen haben, wird es abwechselnd Reden und Aufführungen geben. Sie haben natürlich eine Eventfirma engagiert, die diesen komplexen Plan erarbeitet hat. Start mit Sektempfang, dann kontinuierliche Steigerung bis zum großen Finale. Soweit, so üblich. Mein außerplanmäßiger Teil liegt irgendwo dazwischen.

Nach der Ouvertüre kommt die Ansage per Intercom, dass jetzt die erste Rede fällig wäre. Scheinwerfer rücken das Pult in den Vordergrund. Der Timecode kommt zum Stillstand. Redner entziehen sich dieser Art der Kontrolle. Wir warten gehorsam eine Minute, dann tickt der Timecode weiter und die erste Filmein-

spielung beginnt. Alles läuft glatt. Kathie steht nervös am Projektor. Sie würde jetzt gerne rauchen, traut sich aber nicht. Als der Film durch ist, lasse ich sie in den Flur verschwinden, die ersehnte Zigarette inhalieren. Sie kommt rechtzeitig zurück, um Nils Videoprojektion bewundern zu können. Auch hier geht alles glatt. Rede gefolgt von Musik, beides wieder bei gestopptem Timecode. Es wird Zeit für mich.
„Ich gehe kurz mal zu Grassner", sage ich zu Kathie, „mal hören, wie es bei ihm so läuft." Sie nickt nur, während sie durch das Projektionsfenster in den wieder dunklen Saal stiert und auf ihren nächsten Einsatz wartet, die Intercom über ein Ohr gestülpt. Sie hat entweder nicht gehört, was ich gesagt habe, oder kein Wort verstanden. Besser so. Hauptsache, es kommt ihr bei der Veranstaltung nicht komisch vor, wenn ich verschwinde. Dann wird sie sich erinnern, dass ich bei der Probe auch weg war, ohne beunruhigt zu sein.
Ich hole meine Tasche aus der Toilette, verlasse die Technik und betrete den öffentlichen Bereich. Morgen werden hier Sicherheitsleute sein. Nicht auffallen, langsam ausatmen. Ich werde eine dieser Plastikkarten haben, die mich als Techniker ausweisen, keiner wird es wagen, mich aufzuhalten. Im Fahrstuhl geht es drei Etagen nach unten. Ich gehe nicht zu Grassner in die Regiekabine, sondern in das leere Pendant am anderen Ende des Flures. Die Türen sind offen. Über den Verbindungsflur gelange ich in die Toilette, die ich von Grassner selbst gezeigt bekommen habe. Durch die geschlossene Tür kann ich das Tosen des Orchesters hören. Grassner wird nicht mitbekommen, dass ich hier bin. Ich steige auf den Klodeckel und verstaue meine Tasche, unsichtbar von unten, auf dem Lüftungsrohr. Verlasse die technische Regie auf dem Weg, den ich gekommen bin, laufe durchs Foyer auf die andere Seite des Hauses und statte Grassner den Kathie angekündigten Besuch ab.

„Läuft's?" Er nickt, lächelt, weist stolz auf die Bühne oder seinen Regiepult oder was auch immer.
„Bisher alles spitzenmäßig. Wer macht Ihre Projektion?" Er spricht in normaler Lautstärke. Die Scheibe ist zu, das Orchester spielt. Keiner kann uns hören.
„Meine Kollegin kümmert sich darum", gebe ich ihm zur Antwort. Er lächelt noch immer, aber jetzt fragend. Es muss einen Grund geben, weshalb ich hier bin. Es gibt einen, Herr Grassner, den Sie nicht wissen dürfen. Es gibt einen weiteren, vorgeschobenen Grund, den ich ihm jetzt vortrage: „Ich habe mir überlegt, dass es ein Problem mit der Pultbeleuchtung der Musiker geben könnte." Grassner Lächeln schwindet.
„Normalerweise setzen wir jemanden in die erste Reihe, der das Problem auch mitten in einem Konzert beheben kann. Ich fürchte, das wird hier nicht gehen, nicht wahr." Jetzt taucht sein Lächeln wieder auf. Dazu Kopfschütteln. Natürlich werden die Sicherheitsbestimmungen es nicht zulassen, dass einer der Techniker in der ersten Reihe sitzt oder im Orchester herumkriecht, um eine Lampe zu wechseln.
„Vielleicht sollten Sie die Musiker oder die Orchesterwarte noch auf dieses mögliche Problem hinweisen. Falls eine Lampe durchbrennt, müssen sie entweder mit dem Restlicht von der Leinwand auskommen oder auswendig spielen." Das Orchester kommt zum Ende. Das Saallicht fährt programmgemäß hoch, so dass man die leeren Stuhlreihen vor uns sehen kann. Grassner wirft einen prüfenden Blick auf einen Monitor und scheint dann befriedigt zu sein. „Ich werde mich darum kümmern", teilt er mir dann mit. Wahrscheinlich glaubt er, dass ich die Sache zu ernst nehme, ein leicht durchgedrehter Perfektionist bin. Wenn morgen nicht alles perfekt läuft, werde ich den Tag nicht überleben. Per Intercom wird der nächste Redner angekündigt. Ich verlasse Grassners Reich und kehre zurück in mein technisches Revier. Kathie

hat ihre Zurückhaltung, was das Rauchen angeht, aufgegeben. Der Flur riecht verqualmt. Ich zünde mir ebenfalls eine an, stelle mich neben sie und werfe einen Blick in den Saal. Dort unten wird er stehen, der Mann, der mich reich machen wird. Für einen Moment überkommt mich das verrückte Verlangen, Kathie die Hose runterzuziehen und sie hier im Projektionsraum zu nehmen. Aber das ist nicht die Entladung, auf die ich hinarbeite. Außerdem ist Nils nebenan und, wie ich später feststelle, mittlerweile auch der Alte. Es ist definitiv besser, den Druck gezielt in einem einzigen Schlag abzulassen. In einem einzigen, tödlichen Schlag.

Die Proben sind vorbei. Die Nachbesprechungen ziehen sich hin, weil der Regisseur ja schließlich auch etwas für sein Geld tun muss. Weil Techniker auch dafür bezahlt werden, sich einen solchen Sermon anzuhören. Von unserer Crew trifft es nur Nils für die Videoprojektion und mich für Film. Je eine Person pro Team, um die Besprechung überschaubar zu halten. Dazu Grassner, natürlich. Er lächelt steif, während der Regisseur die Punkte anspricht, die er für verbesserungswürdig hält. Was alles keinen interessiert. Auch Grassner nicht, der trotzdem höflich zuhört, ab und an Zustimmung signalisiert. Er wartet auf das Ende eines langen Tages, wie wir alle. Wie versprochen weist Grassner die Orchsterwarte dann noch auf das mögliche Lichtproblem hin. Nils und ich fahren mit dem Auto ins Hotel. Morgen werden keine fremden Fahrzeuge auf dem Gelände geduldet. Als wir uns aus dem Parkplatz der Konzerthalle in den Verkehr einfädeln, sehe ich die Straßensperren, die schon bereit stehen. Die Gullideckel sind wahrscheinlich bereits seit gestern verschweißt, Briefkästen abmontiert. Noch eine Nacht, dann ist es soweit.

24

Der Alte hat das Essen bezahlt und sich früh zurückgezogen. Nils verabschiedet sich kurz darauf. Kathie und ich ziehen zu einem Schlummertrunk an die Hotelbar. Bier und Cognac, warum nicht. Es kommt nicht darauf an. Die Veranstaltung beginnt erst am Abend. Wir stoßen an: „Auf morgen!" Kathie schwankt. Sie hat kaum etwas gegessen, aber ordentlich getrunken. Sie ist gestresst wegen morgen, der Zukunft, vielleicht meinetwegen. Ich will es nicht wissen. Ich bin froh, als sie ausgetrunken hat, keinen Streit angefangen, gehe brav mit zum Aufzug, halte sie den kurzen Weg nach oben in den Armen. Dann stehe ich ebenso brav neben ihr am Waschbecken zum Zähneputzen. Kathie bekommt Schluckauf, kichert, murmelt ein „Gute Nacht" und verkriecht sich ins Bett.
Ich liege auf dem Rücken, die Arme unter dem Kopf verschränkt, sehe in die Dunkelheit des Zimmers. Das Licht einer Straßenlaterne beleuchtet eine Ecke des Raumes, lässt das Weiß der Tapete wie bleichen Schimmel leuchten. Ich habe immer diese Assoziation: Schimmel, Verfall, Auflösung. Ich weiß nicht, woher das kommt.
Kathies Atemzüge gehen jetzt meistens gleichmäßig, aber ihr Schlaf ist unruhig. Immer wieder wirft sie sich hin und her und murmelt etwas, dann geht der Atem keuchend.
Ich träume wirr und kann mich an nichts erinnern, als ich viel zu früh aufwache.
Als ich im Bad fertig bin, schläft Kahtie noch. Ich betrachte sie kurz. Ihr Gesicht ist gerötet, da wo der Kissenbezug Falten geworfen hat. Heute Nacht werde ich reich oder tot sein und Kahtie aus meinem Leben verschwunden. Dass sie schläft, kommt mir gelegen, da ich mein Fluchtset so ohne Ausreden an die vorgesehene Stelle schaffen kann.

Aus einer Eingebung heraus kaufe ich am Bahnhof eine noch eine Tasche, Wäsche, weiteres Zubehör und verstaue auch das in einem Schließfach am anderen Ende der Station. Man kann nie wissen.
Ich bin zur Frühstückszeit zurück im Hotel. Der Alte sitzt an einem Tisch und starrt ins Leere. Wenn ich ihn so sehe, glaube ich, dass er lieber weitermachen würde, immer weiter bis er tot umfällt. Kathie wäre die Richtige für ihn. Ich werde ihm nicht im Wege stehen. Ihr auch nicht.

Wie erwartet, bekomme ich die Zielperson am Morgen per SMS mitgeteilt. Grob gesagt, gehört der Mann zu den wichtigsten Männern der Welt. Und zur Zeit pfeift ihm gehörig Gegenwind um die Ohren, wegen seiner Außenpolitik, wegen irgendwelcher innenpolitischen Entscheidungen, wegen allem Möglichen. Für ihn ist der Auftritt später an diesem Tag wahrscheinlich eine Gelegenheit, eine gute Presse zu bekommen. Eine unverbindliche Rede, mit der man in den Nachrichten genannt wird in Zusammenhang mit einem gesellschaftlichen und kulturellen Ereignis ersten Ranges, mit netten Bildern. So haben ihm seine PR-Leute das dargestellt. Es wird anders kommen. Ich werfe noch einen Blick auf die Nachricht im Display meines Handys. Der Rest des Textes sind die Zugangsdaten zu meinem Schweizer Konto. Ich rufe die Bank an und lasse das Geld auf ein anderes Konto transferieren, das ich unter einer falschen Identität eröffnet habe, die außer mir keiner kennt. Dann lösche ich die Nachricht. Erst jetzt fällt mir auf, dass ich die Mitteilung gerade dann bekommen habe, als ich ausnahmsweise einen Moment alleine war. Die ganze Zeit waren entweder Kathie oder Nils oder der Alte in meiner Nähe, meist alle drei. Diese Beobachtung bringt mich auf den Gedanken, dass ich überwacht werde. Ich unterdrücke den Impuls, mich umzusehen. Mein Fluchtset ist deponiert. Ein zweites Set ebenfalls, und für den absoluten Notfall gibt es wenigstens ein bisschen Material in der Tasche, die in der Toilette neben der technischen Regie versteckt ist. Kurz darauf verlassen wir das Hotel. Ein Blick auf die Uhr. Maximal noch zehn Stunden.

Der Tag verläuft zähfließend. Wir haben eine Besprechung am Vormittag, dann Kaffeepause, die Standby-

Phase beginnt sechs Stunden vor der Veranstaltung. Erst danach bekommen wir den tatsächlichen Ablaufplan, die Rednerliste. Alles, was bisher aus Sicherheitsgründen geheim war. Keiner darf das Haus mehr verlassen, wenn doch, es nicht wieder betreten. Bisher hieß es Redner A und Redner B in den Proben, jetzt erfahren wir die tatsächliche Reihenfolge. Mein Mann ist, wie hätte es anders sein können, der letzte Redner. Er wird vor seiner Ansprache, so schätze ich, gar nicht im Haus sein und von der Seitenbühne her auftreten.
Es folgt eine Durchlaufprobe mit Stand-Ins für die Redner, mit Lichtstimmung, Film, simuliertem Orchester, das aus Zeitgründen nicht dabei ist. Dann steht einer der Leute aus der ersten Reihe auf, tritt ans Mikro: „Test, zwo, drei." Es folgen Videos, Orchester, der nächste Redner. Ein Fehler passiert in der Moderation, für den der Regisseur über das Saalmikro alle anpflaumt. Schluss der Probe und Rückbau auf Null. Für uns ist Essenspause in der Kantine. Gedämpfte Gespräche, hastige Zigaretten, kein Alkoholausschank. Alle bestätigen sich irgendwann im Lauf der Pause, dass die Generalprobe ja schief gehen musste, damit die Veranstaltung klappt. Das Gelaber kotzt mich an.
Dann die Durchsage: „Saalöffnung in einer Stunde. Alle Techniker begeben sich bitte in den nächsten zehn Minuten auf Position. Aktivieren Sie Ihre Intercom und bleiben sie auf Empfang."
Langsam löst sich die Versammlung in der Kantine auf. Wir stapfen durch die verlassenen Gänge des Verwaltungstraktes. In wenigen Büros wird noch gearbeitet, werden die Reden, die später gehalten werden sollen, ein letztes Mal ausgedruckt, Pressemeldungen werden überarbeitet und zum Versand bereit gemacht. Keine davon wird noch aktuell sein, wenn ich meinen Job erledigt habe.

Dann der Aufzug nach oben, weitere Gänge, letzte Treppen. Die Projektionsräume. Rauschen in der Intercom, während Kathie noch einmal den Projektor checkt, Nils und der Alte sich zur Videosteuerung zurückziehen. Schließlich Grassners Stimme im Kopfhörer: „Aufruf an die technischen Stationen", und dann das Abzählen aller Techniker wie damals beim Militär beim Morgenappell. Seine letzten Worte sind: „Saalöffnung in fünf Minuten. Lichtstimmung ist korrekt, Start des Time codes auf mein Zeichen." Dann ist wieder nur leises Rauschen im Kopfhörer.

26

Der Saal füllt sich. Man hört das Geplapper nicht, sieht nur die Menschen in ihrer Abendgarderobe, die sich ihre Plätze suchen, Bekannte begrüßen, höflich oder leicht genervt sind. Alle sind sie so wichtig. Sie wissen, wer zu ihnen sprechen wird und deshalb sind sie da, um sich ihre eigene Bedeutsamkeit bestätigen zu lassen durch die Wichtigkeit der Redner. Es ist egal, ob sie die Politik dieser Leute gut oder schlecht heißen, denn allein durch ihre Anwesenheit bestätigen sie alles, was heute passiert. So würde es später den in Medien dargestellt werden, wenn ich nicht für die Topnews des Tages sorgen würde. Grassners Stimme in der Leitung sagt: „Timecode auf minus eine Minute in drei, zwo, eins, jetzt", und die Digitalanzeigen fangen an allen Geräten an zu laufen.

Das Saallicht wird bei minus zwanzig Sekunden langsam gedimmt. Scheinwerfer werden geschwenkt, bis einer den Zugang zur Seitenbühne erfasst und der Moderator auftritt. Der Timecode stoppt. Während der Begrüßung tritt das Orchester auf und erst nach dem Auftritt des Dirigenten, der Verbeugung, dem höflichen Applaus, geht das Licht ganz aus, und unser erster Film beginnt.

So zieht sich das Programm dahin. Musik, Applaus, Rede, Applaus. Mein Auftritt nähert sich. Ich nehme die Intercom ab und sage zu Kathie: „Grassner braucht mich unten. Hier kommst du schon zurecht."
Sie schaut mich mit großen Augen an. Sagt: „Da gibt's ein Problem mit ein paar Pultleuchten. Wir haben den nächsten Film erst in vierzig Minuten, ich ...".
Doch ich winke nur ab. Das ist geklärt. Kein Grund für mich, länger zu bleiben.

Im Foyer im obersten Stock ist niemand. Der Aufzug kommt. Vor den Zugängen zum Saal stehen Security-Leute, die mich aufmerksam mustern, mein Plastikschild sehen, den Techniker erkennen, sich abwenden. Ich lächle unverbindlich und betrete den Regieraum.

27

„Wir haben ein kleines Problem mit der Steuerung. Ich ...", ich stoppe kurz, presse die Beine zusammen und werfe einen Blick auf die Tür zum Flur. „Darf ich kurz?" Ich warte nicht erst auf Grassners Antwort, sondern eile Richtung Toilette, als würde ich mir gleich in die Hosen machen. Die Tür hinter mir verriegeln. Auf den Deckel der Toilette steigen. Ich greife die Tasche und ziehe sie zu mir herunter. Nehme die Pistole heraus. Prüfe, ob sie geladen ist, entsichere sie.

Grassner lächelt mir zu, als ich von der Toilette zurückkomme und wendet sich wieder der Veranstaltung zu. Er bemerkt nicht, wie ich die Waffe an seiner Schläfe ansetze. Niemand hört den Schuss. Grassner sinkt in meinen Arm. Ich lege die Pistole auf die Technikkonsole, presse die Papierhandtücher, die ich aus der Toilette mitgebracht habe, auf die Wunde und lasse ihn zu Boden sinken. Greife in seine Hosentasche, nehme seinen Schlüsselbund an mich und schiebe den Leichnam dann unter den Tisch in der Ecke. Hier ist er nicht im Weg. Dann schließe ich den Technikraum von innen ab. Gehe durch den Flur in die andere Technikkabine und schließe dort die Tür zum Foyer auf. Ein Blick auf die Uhr. Es sind noch etwa zwei Minuten, bis ich die Scheibe herunterfahren kann. Zeit genug, das Gewehr zu montieren und an die Wand zu stellen. So außer Sicht, dass es beim zufälligen Blick, den ein Zuschauer in einer der letzen Reihen über die Schulter werfen könnte, nicht gesehen werden kann. Wieder ein Blick auf die Uhr. Der Countdown läuft. Mit dem Einsetzen der Fanfaren lasse ich die Scheibe zum Saal herunterfahren. Nicht einmal in der letzten Reihe, nur ein paar Zentimeter unter mir, hört jemand etwas. Dann beginnt die nächste Rede.

Ich verlasse den Regieraum, schließe die Tür zum Flur hinter mir und ziehe mich um.

Als ich, in dunklem Anzug und Krawatte, von einem normalen Besucher kaum mehr zu unterscheiden, in den Regieraum zurückkehre, ist die vorletzte Rede vorbei. Es folgt ein langweiliges Video über Planungen und Umbauten, die das Haus zu dem gemacht haben, was es heute ist. Danach wird ein kurzes musikalisches Intermezzo folgen. Dann ist es soweit. Ich setze mich auf Grassners Stuhl, nehme das Laptop aus der Tasche, die ich aus dem Waschraum geholt habe und lasse den Computer hochfahren, das Programm starten. Das Licht wird wieder gedimmt. Die ersten Töne vom Orchester erklingen. Ich nehme das Gewehr von der Wand und postiere es in der Mitte des Raumes, so dass ich problemlos drumherum laufen kann. Applaus für die Musik und dann die Stimme des Moderators: „Meine Damen und Herren, bitte begrüßen Sie mit mir …".

Applaus brandet auf, erste Leute stehen in den Reihen vorne auf, dann überall im Saal. Ich kann die Bühne nicht sehen. Sie werden sich wieder setzen, sage ich mir, und schwitze trotzdem. Sie setzen sich, denn er ist da, am Rednerpult. Ein Schwenk des Gewehres, dann ist er im Fadenkreuz. Ich drücke die Returntaste am Laptop und starte den Countdown. Bei Null drücke ich ab. Im gleichen Moment, in dem die erste Sprengstoffkapsel einen Schuss aus dem ersten Rang simuliert. Durch das Zielfernrohr sehe ich kurz, wie Blut das Hemd durchtränkt, weiß, dass meine Munition genügend Schaden angerichtet hat, um zu töten, dann geht mein Opfer zu Boden.

28

Kathie ist mitten auf der Bühne. Sie bewegt den Mund. Ihre Augen sind genau auf mich gerichtet. Jetzt hebt sie den Arm. Unter all den Menschen, die in Panik auf dem Boden herumkriechen, unter all den Security-Leuten, die verzweifelt herauszufinden versuchen, woher die Schüsse kommen, ist Kathie die einzige, die einfach dasteht. Warum zum Teufel ist sie da? Hat sie wirklich während dieser Veranstaltung Pultleuchten gerichtet? Sie sieht jetzt in meine Richtung. Der Funkauslöser lässt einen weiteren simulierten Schuss im Bühnenhintergrund explodieren. Ein Bodyguard wirft sich zu Boden, rollt ab und schießt in Richtung Rang. Kathie lässt sich nicht beirren. Sie steht aufrecht da, ein anklagender Finger ist mittlerweile genau auf die technische Regie gerichtet. Ich nehme das Gewehr, lege es an die Schulter und presse mein Auge auf das Zielfernrohr. Schwenke, bis ich Kathie im Visier habe. Ihre Augen sind geweitet und ihre Lippen bewegen sich. Im Saal herrscht der geplante Tumult. Menschen hasten zu den Ausgängen, reißen sich gegenseitig zurück, trampeln auf diejenigen, die gestürzt sind. Ich kann Kathie durch das Zielfernrohr so klar erkennen, dass ich meine hören zu können, wie sie immer wieder „von da" sagt. „Von da ... von da!" Ich sehe sie vor mir in ihren Armyhosen und dem Sweatshirts, schließe die Augen, sehe sie in der Nacht im Fluss, wie sie mit glänzenden Augen auf mich zu schwimmt. Spüre ihre Lippen, ihre Hände, ihre Beine, die mich umklammern. Denke daran, wie sie mir Trost spenden wollte, als ich ihr von der Katze erzählt habe. Wir haben geredet und gelacht, uns gestritten und geliebt. Sie ist an meiner Schulter eingeschlafen und ich habe den Geruch ihrer Haare in meiner Nase. Ich wende den Kopf ab und blinzle. Als ich wieder durch das Zielfernrohr sehe, hat

Kathie die Arme sinken lassen. Sie sieht mich fragend an.
Ich krümme den Finger am Abzug und schieße. Dann, endlich, atme ich aus.